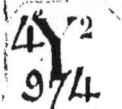

VOYAGES EXTRAORDINAIRES

DU

DOCTEUR BOLDUS

PAR

M. JULES GROS

SECRÉTAIRE DE LA SOCIÉTÉ DE GÉOGRAPHIE COMMERCIALE DE PARIS, MEMBRE DE LA SOCIÉTÉ DE GÉOGRAPHIE DE FRANCE
ET DE LA SOCIÉTÉ DE ZOOLOGIE DE PARIS, PROFESSEUR D'HISTOIRE A L'ASSOCIATION PHILOTECHNIQUE DE PARIS,
RÉDACTEUR AU JOURNAL DES VOYAGES, ETC., ETC.

PARIS

EN VENTE A L'ADMINISTRATION DE LA *LANTERNE*, RUE DU CROISSANT

OUVRAGES DU MÊME AUTEUR :

SOUS PRESSE OU EN PRÉPARATION :

VOYAGES EXTRAORDINAIRES

DU

DOCTEUR BOLDUS

PAR

M. JULES GROS

INTRODUCTION

I

Quelques mois avant la funeste guerre où, avec nos armées et nos milliards, nous perdîmes l'Alsace et la Lorraine, mon excellent et savant ami, le jeune docteur Jehul, dont le nom commençait à être cité comme une gloire médicale française, m'écrivit de Paris, au fond du département où des évènements indépendants de ma volonté m'avaient fixé bien malgré moi, une série de lettres fort singulières.

Les extraits suivants que je fais de cette correspondance serviront de préface et d'introduction au voyage extraordinaire dont j'ai reçu depuis, de mon ami Jehul, le récit détaillé et que j'ai résolu de publier sans y rien changer, malgré les côtés étranges et merveilleux qu'il présente quelquefois.

Je n'ai pour garant de la véracité des faits qui y sont contenus que l'autorité du nom bien connu du jeune et savant docteur. Pour répondre aux objections que quelques incrédules seraient tentés de me faire, sur l'authenticité de certaines découvertes, je n'ai qu'à alléguer le nom et l'autorité bien connus de Jéhul et le bruit universel qui s'est fait naguère autour de celui du vieux savant Boldus.

J'ajouterai que les lecteurs, qui voudront bien lire ce récit jusqu'au bout, auront la certitude que tout ce qu'il contient est scrupuleusement exact et que la bonne foi du narrateur ne peut être mise en cause.

Ceci bien établi, je commence par quelques extraits de lettres relatives
à des évènements qui ont fait, vers le mois de juin 1870, une prodigieuse
sensation à Paris et que nos malheurs irréparables ont seuls pu effacer du
souvenir public.

II

COMMENT TOUS LES MÉDECINS NE SONT PAS ÉGALEMENT HABILES

1re LETTRE

Paris, le 6 juin 1870.

Mon cher ami,

Il n'est bruit dans le monde savant que de l'arrivée à Paris de l'illustre
docteur Boldus et des admirables, non moins que singulières découvertes
qu'il a rapportées des pérégrinations lointaines qu'il accomplit à travers le
monde depuis une époque que personne n'a encore pu déterminer.

A quelle nation appartient le docteur Boldus ? Je n'ai pu encore me faire
à ce sujet une idée bien précise. Son nom en us me fait supposer toutefois
qu'il est né soit en Hongrie, soit en Pologne, où les noms avec terminaisons
latines sont assez communs, surtout parmi les hommes qui se vouent aux
études scientifiques.

Ma bonne fortune a voulu que non-seulement je fusse mis en relation
avec ce savant personnage, mais encore j'ai eu l'insigne honneur de lui
plaire et d'obtenir sa confiance. Depuis un mois, c'est-à-dire depuis son
arrivée dans nos murs, je suis admis chaque jour dans sa société intime et
je puis chaque jour recueillir et enregistrer les trésors de science qui
coulent de ses lèvres.

Je ne vous dirai rien de l'âge du docteur, sinon qu'il paraît avoir environ
soixante-dix ans; pourtant je dois ajouter qu'un jour je me permis dans la
conversation de lui attribuer cet âge.

— Vil flatteur ! me dit-il avec son bon sourire.

J'ai démêlé dans ses discours qu'il avait quitté l'Europe depuis une cin-
quantaine d'années et que, depuis, il n'a cessé de parcourir les contrées les
moins connues de notre globe. Il est allé là demander à la nature ses
secrets, qu'elle semble avoir pris à tâche de cacher dans les lieux les plus
inabordables.

Si j'énumérais le quart seulement des choses merveilleuses qu'il a rapportées de ces pérégrinations lointaines, vous refuseriez de me croire et avec vous le monde entier crierait à la fable et à l'invraisemblance. Moi-même, cher ami, j'ai longtemps hésité à ajouter foi à des récits devant lesquels pâlissent les inventions fantastiques d'Hoffmann et d'Edgard Poë.

Avant de vous écrire et de vous faire connaître à distance quelques-unes de ces merveilles scientifiques, je me suis longtemps interrogé; je vous connais sceptique et raisonneur; votre esprit se refuse à croire les choses qu'il ne peut comprendre; puis j'ai réfléchi que vous vous rappelleriez tous les points communs qui unissent nos caractères, la similitude de nos croyances, le côté sérieux de mon esprit qui se prêterait mal à une mystification de mauvais goût. Enfin je me suis décidé, en pensant que puisque tant d'hommes distingués ont été obligés de s'incliner devant l'évidence, vous ne refuseriez pas d'accorder à mes récits la confiance que mérite la bonne foi qui les a dictés.

Je constaterai en premier lieu qu'heureusement pour lui et pour l'humanité, le docteur Boldus a rapporté de ses voyages autre chose que des allégations et de stériles théories. Tout ce qu'il dit, tout ce qu'il raconte, tous les faits qu'il affirme, il en donne aussitôt des preuves indiscutables. Les expériences pratiques viennent immédiatement confirmer ses allégations et il fait si naturellement les choses les plus extraordinaires qu'elles semblent toutes simples au premier abord et qu'on attend pour s'en étonner le moment où l'on est sorti du rayonnement de son regard magnétique.

L'autre jour encore, j'étais dans son salon, en compagnie de l'illustre mathématicien, M. Bertrand, le secrétaire perpétuel de l'Académie des Sciences. Vous connaissez ce savant professeur et vous savez si, en dehors de la foi qu'il apporte dans les questions religieuses et mystiques, c'est un homme sérieux et positif. J'ai vu, et M. Bertrand l'a vu comme moi et en est encore tout émerveillé, le docteur Boldus s'asseoir sur un appareil grand comme un fauteuil, pousser un ressort caché dans un ornement d'un des bras de cette sorte de siège, puis tout à coup s'élever dans les airs, sans qu'aucun lien visible retînt l'appareil, soit au plancher, soit au plafond, soit à une des parois de l'appartement.

— Observez attentivement, nous dit-il, et commandez vous-mêmes la manœuvre que vous désirez me voir faire.

Le savant mathématicien, plus ému qu'il n'aurait voulu le laisser voir, prit la parole :

— A droite!... A gauche!... En avant!... En arrière!... Montez, descendez!...

Et la machine, avec la docilité d'un être humain, faisait à l'instant même et sans la plus légère hésitation le mouvement demandé.

Pour mon compte, en voyant ce fauteuil vivant, sans ailes, sans hélice, sans aucun générateur visible de mouvement, faire le tour de la salle, à la façon dont les astres gravitent dans l'espace, je me rappelai ces rêves étranges dans lesquels nos corps sont subitement privés de pesanteur et où nous nous envolons dans les airs au gré de notre fantaisie. Je me frottai les yeux pour m'assurer que je ne dormais pas.

— Docteur, dis-je enfin, cet engin merveilleux que je vois et auquel pourtant je n'ose croire, est-il susceptible d'être agrandi, sans perdre ses qualités motrices?

— On peut le grandir, le doubler, le décupler, le centupler même, et il obéira comme il vient de le faire au commandement de son conducteur, fût-il chargé comme un léviathan.

— Mais il ne saurait lutter contre la force incommensurable du vent? interrogea l'académicien.

— Je vous démontrerai, quand il vous plaira, répondit en souriant le docteur, que grâce au principe même sur lequel son mécanisme est formé, il acquiert de la vitesse en raison directe de l'obstacle que lui oppose le vent. En un mot, monsieur, le conducteur de cet appareil aérien peut lui assigner la rapidité de marche qu'il veut, même en allant directement contre l'orage.

Au moment où le docteur nous parla si affirmativement, après l'expérience si concluante que nous venions de voir, il ne vint ni à M. Bertrand ni à moi la pensée de mettre en doute la parole si affirmative qui nous était donnée. Le mathématicien en sortant me serra la main, et avec un enthousiasme tout juvénile, s'écria :

— Avec cette machine étrange, le grand problème est enfin résolu! Bientôt, dans quelques mois peut-être, des engins aériens de grande dimension sillonneront l'espace, emportant d'énormes fardeaux, opérant l'échange des richesses entre les nations! Plus de barrières séparant les peuples! Le champ des airs est trop vaste pour permettre à des lignes de douaniers de se créer; libre circulation, libre commerce, libre échange! C'est une révolution.

— Monsieur, dis-je en saluant l'académicien et en me séparant de lui; je solliciterai du docteur l'honneur de faire partie avec lui du premier train de plaisir aérien qu'il organisera pour faire le tour du monde.

Depuis, j'ai beaucoup réfléchi sur la solution de cet immense problème, et les objections sont accourues en foule dans mon esprit. Cependant, quelque peu vraisemblable que puisse vous paraître mon affirmation, cette immense conquête du docteur Boldus, en admettant qu'elle soit bien telle qu'il l'affirme, est la moindre de ses découvertes.

Tous les secrets du moyen âge, ces découvertes plus ou moins mystérieuses que les savants de cette époque, astrologues, sorciers ou chercheurs du grand œuvre, n'ont pas révélées à leurs successeurs, et qu'on a crues perdues pour toujours, il les a retrouvés.

Jeudi prochain, dans une séance extraordinaire de l'Académie des sciences, provoquée tout exprès pour cela, il transformera devant tous les membres du docte corps, un lingot de plomb qu'on mettra entre ses mains, en un lingot d'or de même dimension.

L'Académie de médecine, à laquelle il en a fait la demande depuis un mois, et qui dans le principe refusait de voir en lui autre chose qu'un charlatan, se décide enfin à lui ouvrir ses hôpitaux. Là, sous la surveillance des savants professeurs, il fera sur mille malades différents l'application de la *Panacée universelle*, et il s'engage sur sa tête à guérir à bref délai tous les maux réputés incurables, autres que la vieillesse.

— Pour ce dernier cas, a-t-il dit modestement, je fais provisoirement mes réserves; nous y reviendrons plus tard.

La rage, les cancers, la phthisie, cèdent infailliblement en quelques jours à son traitement.

J'ai vu, dans ma propre clientèle, une jeune fille poitrinaire, autour du lit de laquelle j'avais rassemblé les plus éminents professeurs de notre époque. Tous s'accordèrent à la condamner; elle était pâle et amaigrie; son souffle n'était plus qu'un râle; à chaque instant il fallait s'attendre à lui voir exhaler son dernier soupir. Le docteur Boldus accourut à mon appel! je n'espérais rien, mais je ne voulais rien négliger. La malade, ô miracle! se redressa et refleurit à vue d'œil; huit jours après, c'était une rose épanouie; aujourd'hui, pour elle, le mal terrible n'est plus qu'un cauchemar oublié.

Irai-je plus avant aujourd'hui dans l'exposé des secrets du docteur?

Non! car vous refuseriez de me croire.

Le vrai peut quelquefois n'être pas vraisemblable.

D'ailleurs ce n'est pas encore là ce que j'avais l'intention de vous révéler et si, dans cette lettre, je vous ai fait entrevoir quelques points de ces merveilleuses conquêtes, ce n'est guère que comme précaution oratoire, et pour vous préparer à un récit que je n'ose vous faire ainsi à brûle-pourpoint, tant il est plus incroyable encore que ce que je vous ai dit.

Je sens tellement la nécessité de vous laisser aujourd'hui sous l'impression que ma lettre vous produira, que je la termine ici et y joins tout un stock de brochures, communications savantes, bulletins de sociétés, journaux scientifiques, où il n'est question que du merveilleux docteur.

Vous verrez, en lisant tous ces documents, que tout le monde n'éprouve pas les mêmes scrupules que moi et que l'éloge de Boldus y prend des proportions épiques. A bientôt ma nouvelle lettre; mais promettez-moi de me croire, même si ce que je vous raconte dépasse les bornes du possible.

Paris, le 18 juin 1870.

Mon cher ami,

Avant son départ d'Europe, le docteur Boldus était professeur de physiologie à l'Université impériale de Prague, bien connue dans le monde savant sous le nom de *Carolinum*. Il a laissé dans les sociétés savantes de la Bohème, de l'Autriche et de la Hongrie, un souvenir qu'une longue absence n'a pas réussi à effacer.

Ses études et ses méditations l'avaient amené à conclure avec certitude que tout, dans la nature, a une vie qui lui est propre et qui, en même temps, participe à la vie générale; que, par exemple, la terre elle-même est un être complet et vivant comme l'homme, ayant sa circulation du sang, ses artères, ses veines, son pouls, son cerveau, son cœur... Que dis-je?... ayant ses pensées, ses passions, ses désirs.

Aujourd'hui encore le savant professeur développe volontiers sa théorie sur la vie de la planète. Il voit dans le flux et le reflux, cette admirable oscillation des eaux, le pouls de la terre et les battements réguliers de son cœur. Les grands courants qui se croisent à l'équateur ne sont autre chose que l'échange de ses deux sangs, artériel et veineux. Les grandes marées sont les profonds soupirs de la planète aspirant vers le soleil son amant et son maître, vers la lune sa suivante, ou vers les planètes ses sœurs; soupirs à la fois d'amour sexuel et d'amour fraternel. Cette vie, il la voit partout identique à la vie des hommes et des animaux.

Le grand problème dont, dès le principe, il s'était promis de poursuivre la solution, c'était de découvrir la raison d'être de cette vie, le siège de la pensée où l'action prend sa source; ce qu'il voulait connaître, c'était le dieu de la machine, *deus ex machinâ*.

Ses fortes études physiologiques l'avaient convaincu que le cerveau humain est le laboratoire de nos pensées, de nos passions, de nos volontés. Il résolut de trouver, de découvrir le cerveau de la terre, d'étudier son mécanisme en comparant ses organes, les cases dont il est formé, aux cases qui composent le cerveau humain et, grâce à ces études approfondies, de sonder les abîmes inconnus et de déduire une règle générale et absolue sur la vie et ses éternelles transformations.

Pendant les quinze premières années de ses voyages, il fit trois fois le tour du monde; il analysa les courants de la mer, leurs rapports avec les courants aériens, leurs fonctions et les lois immuables qui les gouvernent.

..... puis tout à coup s'élever dans les airs,

Convaincu que les volcans sont les bouches ouvertes sur l'inconnu qui
forme le centre du globe, il visita les soixante bouches fulminantes qui dé-
ploient leurs panaches de feu du nord au sud de l'Amérique; les cratères de
la Nouvelle-Zélande et les cinquante volcans en ignition qui dominent les
mers arctiques n'eurent plus de secrets pour lui. Il plongea ses regards in-
quisiteurs au fond de ces ouvertures ignées et chercha à interroger les en-
trailles de la planète. Il savait bien que là se cache le secret de la création
et de la transformation des roches, des minerais et des métaux. A Ténériffe
il imagina un appareil de respiration artificielle et une enveloppe incom-
bustible.

Il pénétra dans le sol jusqu'à des profondeurs inouïes et rapporta de cette tentative titanesque l'assurance que ce n'est pas dans son centre qu'il faut aller chercher le cerveau de la terre.

Mais c'est précisément ce qu'il put observer dans cette excursion merveilleuse, sur la forme et les fonctions des immenses laboratoires souterrains, sur la formation, sur les transformations, sur les transfusions des métaux, qu'il se propose d'exposer devant l'Académie des sciences, le jour où ce corps savant, tenant enfin la promesse solennelle qu'il a faite, admettra le docteur dans une séance spéciale et publique, où il pourra développer ses théories et faire connaître ses découvertes.

Un livre du surprenant voyageur est en ce moment même sous presse; il résumera tous ces travaux : j'ai eu l'honneur d'en lire les épreuves et je sais d'avance avec quelle ardeur vous dévorerez ces pages lorsque je pourrai vous en adresser un exemplaire.

Lorsque le docteur revint à la lumière, il avait des richesses plus grandes que celles que possède l'humanité entière.

En effet, il avait plus que des poignées de diamants, plus que des montagnes d'or, il avait appris les moyens de fabriquer à sa volonté et l'or et les diamants.

Il avait résolu d'aller arracher leur secret aux régions polaires.

Il fit construire à New-York un navire d'une forme et d'une perfection admirables; il en ordonna et en surveilla lui-même l'aménagement.

Toute l'expérience acquise pendant les expéditions antérieures dans les mers glaciales, fut mise à contribution. Il composa, pour conduire ce vaisseau modèle, un équipage de choix. Tous les marins qu'il emmenait étaient choisis parmi les populations du Nord, aguerries contre les frimas et déjà habituées aux voyages dans les régions polaires.

Le 16 mai 1832, il quitta le port de New-York, annonçant qu'il allait visiter le pôle Nord et promettant de lui arracher ces secrets terribles dont la recherche avait jusqu'alors coûté la vie à tant de si braves et si hardis navigateurs.

Ce n'est que le 1er mai 1845, après treize ans de séjour dans un pays qui avait jusqu'alors dévoré la plupart de ses explorateurs, qu'il est rentré dans la capitale maritime des Etats-Unis d'Amérique.

La sagesse avec laquelle il avait conduit cette expédition sans précédents avait été si grande, que sur les vingt personnes qui composaient son équipage, il en ramenait seize, quelques-uns avec les cheveux blanchis, mais tous riches et rapportant de leur périlleux et long voyage, la gloire, la fortune, la paix assurée pour toute l'existence à venir.

Le capitaine du navire était mort à l'âge de soixante-treize ans, laissant le commandement à son second. Deux matelots avaient aussi succombé sous le poids des ans, et le maître-coq était mort des suites d'une imprudence. D'ailleurs aucun cas de scorbut ni d'autre maladie contagieuse n'avait été signalé.

Les découvertes accomplies par le docteur Boldus, pendant ce séjour dans les glaces, dépassèrent en importance scientifique toutes celles qui avaient été faites jusqu'alors.

Tout le mécanisme du monde y fut analysé, les secrets de Dieu surpris, la loi des tempêtes, celle des courants électriques, des aurores boréales, des étoiles filantes, des déviations de la boussole, les règles des courants sous-marins et des courants aériens, leurs rapports avec l'électricité terrestre, les lois réglant les saisons, les courbes de température, tout cet inconnu que, depuis dix mille ans, poursuit vainement la science humaine, devint le domaine du docteur. Cela constitue encore une partie du livre qu'il prépare et qui fera dans quelques semaines, de ces secrets, la propriété de l'humanité tout entière.

Je n'insisterai pas sur ces découvertes, parce que vous pourrez vous-même, cher ami, vous en saturer l'esprit en lisant le livre du docteur.

III

COMMENT ETTORE VISCONTI PERDIT TOUT SON SANG AU SIÉGE DE FLORENCE ET COMMENT LES MILANAIS CONSERVÈRENT SA DÉPOUILLE MORTELLE DANS L'ÉGLISE DE SAN-AMBROGGIO

J'en étais là de ma lettre, mon cher ami, et pressé par l'heure, j'avais remis au lendemain, c'est-à-dire à aujourd'hui, le soin de la terminer. J'avais résolu de vous parler d'une découverte singulière et des résultats bizarres qu'a amenés la mise à exécution d'une théorie étrange enfantée par le cerveau toujours en ébullition du docteur.

Aujourd'hui il s'agit bien d'autre chose !

Tout ce que je vous ai dit, tout ce que je voulais encore vous dire est merveilleux, incroyable, j'en conviens. Mais tout cela disparait et s'efface devant le fait *miraculeux* (je souligne et maintiens le mot) qui vient aujourd'hui même de jeter le trouble dans la cervelle des savants. C'est le moment ou jamais, cher ami, de me montrer la confiance que vous avez en moi ; à un autre qu'à vous je n'oserais pas faire part de mes impressions et de mon étonnement.

Il y a quelques heures à peine, j'étais sous le charme indescriptible d'un spectacle surhumain.

Je voyais, haletant, se reculer les bornes de l'impossible, ou plutôt je constatais l'inanité de ce mot devant cet autre, *la science!*

Pardonnez-moi donc, cher ami, si, dans le récit que je vais faire, vous ne rencontrez pas tout le calme et la méthode qui y seraient nécessaires. Vous allez comprendre, dès les premiers mots, que certaines révélations, certains actes, que seule une imagination en délire peut avoir enfantés, quand ils se réalisent tout à coup, mettent bien vite l'esprit le plus fort dans l'impossibilité de conserver le sang-froid qu'exige un récit scientifique.

J'ai oublié de vous dire que, dès lundi, j'avais reçu du docteur un billet me priant d'aller, ce matin, jeudi, dans son château de la vallée de Chevreuse. Je n'avais garde de manquer à un tel rendez-vous toujours rempli de promesses et d'imprévu.

Je fus exact et je me trouvai dans le grand vestibule, au milieu d'une foule de visiteurs presque tous vieux et couverts de décoration.

Parmi ces figures, dont un grand nombre m'étaient inconnues, je distinguai quelques visages amis : plusieurs membres de l'Institut, plusieurs professeurs de la Faculté, me saluèrent, en me reconnaissant comme un des familiers de la maison du docteur.

Pour ne citer que quelques-uns de ces illustres visiteurs, je reconnus le fameux professeur Camus, dont le dernier livre a donné lieu à une si importante polémique. Comme nous sommes en fort bons termes, je m'approchai de lui et j'appris le nom du plus grand nombre des personnes présentes.

Il y avait le docteur Verbois, de l'Académie de médecine, et trois de ses collègues.

Plus loin, dans un coin, était assis le docte chimiste Guébard, près de l'anatomiste Lepeltier.

Le sympathique anthropologiste, M. de la Faye, du Muséum d'histoire naturelle, causait amicalement avec trois ou quatre de ses collègues de l'Académie des sciences.

Le fameux professeur Hongrois, Nezor, représentait l'université de Pesth et le célèbre Villiam Kort, dont les livres sur les sciences naturelles et l'histoire géologique du globe ont été traduits dans toutes les langues, avait été député à cette réunion d'illustres érudits par le collège d'Oxfort.

J'en passe et de nombreux ; leur nom sera relaté au *Moniteur officiel* qui était représenté là par un sténographe et par un de ses rédacteurs, le savant et modeste M. Bonnelier.

J'appris qu'on attendait un personnage important et que son arrivée donnerait le signal de l'expérience pour laquelle nous étions conviés.

Quant au docteur Boldus, nul ne l'avait vu encore, mais il avait fait savoir que dans peu d'instants il ferait connaître l'objet qui avait nécessité cette convocation extraordinaire.

En effet, une demi-heure à peine après mon arrivée, un domestique en livrée se présenta, priant les assistants de le suivre et il conduisit la nombreuse assemblée dans une vaste salle où l'on apercevait, sur une table de marbre blanc, une longue boîte en cèdre du Liban.

Il se fit tout à coup dans l'assemblée une sorte de révolution et un murmure approbateur se fit entendre. Je tournai la tête et je vis le docteur Boldus qui faisait son entrée.

Il avait un air solennel, sa grande barbe blanche tombant sur sa poitrine en ondes argentées, lui donnait un aspect patriarcal. Ses yeux vifs, très enfoncés, brillaient d'un feu étrange sous l'arcade sourcilière qu'abritait une véritable forêt de poils hirsutés, longs et blancs.

Il était vêtu d'une sorte de robe de chambre ou plutôt d'une toge de velours noir, serrée à la ceinture par une cordelière en soie. Son port était droit et raide, bien plus qu'on n'aurait pu l'attendre chez un homme de cet âge. Ses longues et fines mains amaigries laissaient voir leurs veines et leurs nodosités et s'échappaient de ses larges manches aux plis sculpturaux. Sa tête chauve et seulement entourée d'une couronne de cheveux blancs qui rappelait involontairement les moines ascètes du moyen âge, avait un air de majesté indicible ; tout en lui respirait la foi en soi-même et affectait je ne sais quel caractère supérieur à l'humanité.

Il s'approcha de la table de marbre et quand toute l'assistance se fut groupée et forma autour de lui une sorte de demi-cercle, il fit signe qu'il voulait parler.

Un profond silence succéda au bruit de ruche qui avait précédé.

Alors, dans un langage dont je regrette de ne pouvoir rendre ni les termes, ni les intonations, il s'exprima en ces termes :

« — Toutes les personnes qui ont visité l'Italie, ont vu à Milan, conservé
« dans une niche placée contre un mur du cloître de l'église San-Am-
« broggio, le cadavre ou plutôt la momie du seigneur *Ettore Visconti*, un
« des anciens maîtres de la grande cité italienne.

« L'histoire nous apprend que Jean Galéas, son oncle, après avoir hérité
« du trône de Milan, en 1378, assiégeait Florence en 1402, quand Hector,
« un des plus brillants de ses officiers, reçut dans l'aine une flèche.

« Ce projectile l'atteignit d'une façon si singulière que le blessé mourut
« subitement d'une hémorragie complète.

« Son corps, abandonné parmi les morts sur le champ de bataille, n'y fut
« trouvé et reconnu que quelques jours plus tard.

« Sous les ardents rayons d'un soleil torride, ce cadavre exsangue avait
« été desséché et momifié, comme le sont presque toujours les corps morts
« d'hommes et d'animaux qui périssent dans les déserts brûlants de la
« Libye. Ces dépouilles conservées et desséchées par le sable fin dont le
« vent leur fait un linceul, sont bien connues par les voyageurs et les
« savants sous le nom de *momies naturelles.*

« La vaillance du chevalier Hector Visconti, l'amour et la vénération que
« sa famille avait su inspirer aux Milanais, la mort de Galéas qui eut lieu
« quelques jours plus tard, l'état inusité de ce cadavre, qui sembla à la
« population ignorante et superstitieuse de cette époque, conservé par une
« cause miraculeuse, firent qu'au lieu de l'ensevelir, on l'apporta à l'église,
« on l'enferma dans une niche et que, depuis cette époque, on le montra
« aux pieux visiteurs comme un phénomène sans exemple et une mani-
« festation merveilleuse de la puissance de Dieu. »

Le docteur Boldus se tut un instant, puis se retournant vers la table de
marbre, il étendit la main :

« — Ce corps, dont la vie s'est échappée il y a 468 ans, est là dans ce
« coffre de cèdre, » dit-il.

En disant ces mots, d'un geste souverain, il fit sauter le couvercle.

Nous nous approchâmes pêle-mêle, oubliant, tant notre curiosité avait
été excitée, les égards que nous devions à certains d'entre nous, les doyens
de la science humaine.

Nous aperçûmes, dans la caisse longue et étroite, un corps humain très
bien conservé, mais jaune, sec, parcheminé, n'ayant en rien la noirceur
qui caractérise les momies d'Egypte, étriqué et raccorni comme elles.
L'aspect de ce corps était rigide et, s'il n'eût été si maigre, eût rappelé les
vieilles figures de cire qu'on voit parfois dans les spectacles forains et dont
la poussière des grands chemins a enlevé les couleurs primitives.

Le docteur Boldus reprit la parole.

Sa voix prit une intonation légèrement amère et un peu ironique.

« — Vous êtes, messieurs, dit-il, les oracles de la science officielle. La
« plupart d'entre vous, sans me connaître, ont jugé sévèrement mes
« théories, mes expériences, mes affirmations. Je vous ai réunis aujourd'hui
« pour vous convaincre que ma science n'est pas un leurre.

« Vous m'avez traité d'empirique, de charlatan, de faux sage. Vous
« avez nié l'évidence. J'ai pris vos malades abandonnés par vous, et je leur
« ai rendu la vie. Vous avez dit : C'est là une nouvelle édition du docteur
« noir Vriès, ou du zouave Jacob.....

« Pourtant, messieurs, rassurez-vous ; je ne vous ai pas convoqués pour
« vous faire de vains reproches : j'ai résolu de vous convaincre et de vous
« faire entrer dans l'évidence comme Jésus fit mettre à l'incrédule Thomas,
« le doigt dans les trous de ses plaies.

« Le cadavre que vous voyez là, cette loque humaine, ce parchemin, ce
« résidu,... je m'engage avant quelques heures, avant votre départ, à lui
« rendre la souplesse, l'existence, la vie. »

Ces mots furent prononcés d'un ton de voix strident et amer; on eût dit qu'un orage grondait dans le sein du vieux savant et menaçait d'éclater en tonnerre.

Je me sentis frémir et je regardai le cercle des auditeurs.

Des sourires d'incrédulité ou de pitié se stéréotypaient sur toutes les lèvres.

Ces impressions de ses visiteurs n'échappèrent pas au docteur.

« —Ce ne sont pas des mots, de vaines paroles, des affirmations sans consis- « tance; il s'agit de faits visibles qui vont s'accomplir sous le contrôle de « vos regards clairvoyants, » s'écria le vieux Boldus, avec un accent d'en- thousiasme juvénile qui me remua jusqu'au fond du cœur.

« — Approchez-vous, ajouta-t-il, venez vous convaincre *de visu* qu'il n'y « a là ni prestidigitation, ni jonglerie.

Chacun fit un nouveau pas vers la table de marbre; je fis comme tout le monde, et après que l'opérateur eut tiré sans effort du coffre qui le conte- nait le cadavre léger de Visconti, il nous invita à le toucher et à nous éclai- rer nous-mêmes sur la nature de la substance qui le formait.

Nous ne tardâmes pas à être individuellement convaincus que ce que nous avions sous les yeux n'était en réalité qu'une vieille loque humaine, desséchée et recroquevillée, friable en certains endroits, semblable en tous points à ces vieilles morues sèches, souillées de poussière, qui sont con- nues dans le commerce des ports sous le nom de stock-fisch et qui souvent ont servi pendant des années entières d'enseigne à des magasins d'épicerie.

Le docteur ordonna à son domestique noir, le nègre soudanien Pungo, d'enlever le cercueil de cèdre. Alors il retroussa ses manches avec un mou- vement qui ne manquait ni de grâce, ni de noblesse, et de ses propres mains, il étala sur la blanche surface marmoréenne ce qui fut jadis un corps humain.

J'ai prononcé le nom du nègre Pungo. C'est une figure qui mérite qu'on s'y arrête.

Pungo est le factotum du docteur. Est-il muet et sourd? Je suis tenté de le croire, car depuis que j'ai eu l'honneur d'être reçu dans cette maison où tout est mystère, je n'ai jamais entendu un son sortir de ses lèvres.

Le docteur fait un signe : le serviteur a compris et se lève. A l'instant l'ordre donné est exécuté.

C'est ainsi que le noir préparateur reparut quelques instants plus tard et vint déposer sur la table de marbre, à côté du cadavre desséché, une caisse en ébène, incrustée d'or, qui recélait dans ses flancs une infinie variété d'instruments de toute espèce. Là, dans des cases capitonnées de velours pourpre, étaient placés des bistouris, des scies, des lames brillantes de tout aspect et de toute forme, des outils aux formes étranges dont, pour la plupart, il m'eût été impossible d'indiquer l'usage.

Des lancettes en acier bruni, d'autres en acier poli, d'autres encore en argent ou en métal brillant, des lames droites, courbes, taillées en forme d'éclairs, des outils solides à poignée, des instruments tranchants et contondants, des pointes de toute grosseur, depuis la fine aiguille jusqu'au fort et vigoureux crochet ; en un mot, quelque chose plus compliqué encore que l'attirail complet de la chirurgie moderne, se déroula devant nos yeux curieux.

Seul, le docteur Boldus ne daigna pas honorer d'un coup d'œil l'écrin mystérieux.

Des sièges furent approchés ; chacun se plaça autour de la table et, grâce au soin que prit l'ungo de former un second rang de chaises plus élevées que celles du premier, tout le monde put s'installer de façon à voir dans ses plus infimes détails l'expérience promise.

Je me préoccupai beaucoup de l'impression subie par les savants assistants et ma vive amitié pour le docteur me causait une sorte de serrement de cœur, tant je craignais l'insuccès et la moquerie qui en serait résultée. J'inspectai attentivement les visages de tous mes voisins et je vis bien que, si le sourire de l'incrédulité était demeuré sur bien des lèvres, une grande et magnétique impression, plus forte que la volonté, avait envahi tous les cœurs et dominait l'unanimité des spectateurs.

« — Je ne veux pas vous tromper, dit le vieux Boldus, ce que vous avez sous les yeux, n'est pas un véritable cadavre. »

Un soupir de soulagement sortit à ces mots de toutes les poitrines et les sourires railleurs s'épanouirent avec plus d'aisance.

« — Non, reprit le vieillard, ceci n'est pas un cadavre, c'est un homme !

« C'est un homme privé de sang et de toute la partie liquide qui entre
« dans la composition d'un corps humain.

« Vous rappellerai-je, à vous, messieurs, qui êtes les grands flambeaux
« de la science moderne, que le sang humain est un composé d'eau, d'al-
« bumine, de fibrine, d'un principe colorant qui est le fer et de différents
« sels dont le rôle est moins important ?

« Le sang pèse de 52 à 57 millièmes de plus que l'eau. Abandonné à
lui-même, hors des vaisseaux, il forme un caillot.

« Je ne vous rappellerai pas davantage que le sang change de couleur suivant qu'il circule dans les artères ou dans les veines. Diverses théories, dont quelques-unes même sont fort ingénieuses, ont été faites pour expliquer ce changement, moi seul j'en possède le secret et je vous le ferai voir ! »

Il frappa sur une sorte de timbre placé sous sa main ; mais à notre grande surprise il n'en sortit aucun son. Néanmoins l'ungo apparut tenant dans ses bras une grande aiguière de vermeil remplie jusqu'aux bords

Le nègre Pungo se présenta aussitôt roulant une baignoire.

d'une liqueur rouge qu'à son odeur particulière et nauséeuse nous reconnûmes pour du sang.

« — Ceci, messieurs, reprit le docteur, est du sang de ma fabrication. Veuillez l'examiner avec le microscope ; vous verrez qu'il est absolument semblable à celui de tous les hommes, et qu'il se compose de deux parties : le *plasma* ou partie liquide et les globules divisés eux-mêmes en deux classes, les globules rouges et les globules blancs »

Le docteur Verbois se leva et s'approcha du vase.

— Permettez, dit-il.

Il plongea le doigt dans le rouge liquide, le goûta, reconnut sa saveur alcaline et en posa une goutte sur une lentille Stanhope qu'il tira de sa poche.

Le sourire d'incrédulité qui ne l'avait pas quitté depuis le commencement de la séance, fit place à un large éclat de rire.

— Parbleu! dit-il, sans chercher à dissimuler sa pensée, M. Boldus a raison; ceci est bien du sang. Je dis plus, c'est incontestablement du sang humain. Mais le diable si l'on me fait croire que c'est monsieur qui l'a fabriqué!

Le docteur Boldus se redressa dans sa haute taille. Puis, avec un sourire triste et résigné :

— Qu'importent vos doutes, monsieur le professeur? dit-il. Ce n'est pas cette question de pur détail qui nous occupe. Demain, ce soir, après le départ de ces messieurs, je vous en ferai un tonneau, si cela vous plaît. Le sang et le lait sont d'une fabrication également facile!....

Pour le moment, messieurs, admettez, si vous voulez, que ce sang est du sang humain véritable ; admettez que le vieillard qui est devant vous, qui vous a convoqués et réunis dans le but de vous convaincre, n'est qu'un vil imposteur!

Je continue mon expérience.

Sans s'émouvoir davantage, je le vis s'emparer des fils conducteurs d'une puissante pile électrique et les approcher du cadavre de Visconti. Il fixa le pôle négatif à l'entour du bras gauche et le pôle positif au-dessus du pied droit.

Le professeur de physique Auguet, qui était mon voisin, se pencha à mon oreille.

— Je connais comme tout le monde la galvanisation des cadavres, me dit-il à voix basse; mais notre sorcier sera bien malin s'il galvanise cette momie.

Je ne répondis pas, mais je redoublai d'attention.

Le docteur Boldus prit de nouveau la parole.

IV

DE LA NÉCESSITÉ DE BOUCHER LES TROUS D'UN RÉCIPIENT POUR ÉVITER LES FUITES

« — Ce sang que vous voyez, messieurs, dit le vieux Boldus, est formé comme tout sang rouge de son liquide alcalin et albumino-fibreux, et de ses globules réunis par dissolution, mélange et suspension.

« Il ne deviendra un corps animé et vivant qu'après qu'il aura été placé dans l'organisme de ce cadavre.

« Mais comment l'y faire entrer ?

« Dans ce corps parcheminé et rigide, les veines et les artères desséchées ont pris leur part de l'aplatissement général ; le moindre effort, le moindre froissement les briserait et les réduirait en poudre. La première chose à faire est donc de rendre au cadavre son élasticité première et pour cela d'introduire dans toutes les parties matérielles qui le composent la quantité d'eau nécessaire à leur souplesse vitale. »

En disant ces mots, le vieux savant frappa de nouveau sur son timbre silencieux.

Le nègre Pungo se présenta aussitôt roulant près de nous une baignoire remplie d'un liquide incolore et transparent, assez semblable à de l'eau pure, avec une odeur légèrement alcaline.

Le cadavre de Visconti fut entièrement immergé dans ce récipient.

Je trempai mes doigts dans l'eau du bain et je les portai à mes lèvres.

Le liquide avait une saveur fortement salée.

La baignoire était portée par deux supports à roulettes. On plaça dessous une lampe à alcool de forte dimension, afin sans doute de maintenir le liquide à la température exigée par l'expérience.

Outre la pile électrique avec laquelle le docteur avait mis le corps mort en communication, j'avais remarqué dans un coin de la salle d'énormes bobines de plus d'un mètre de diamètre, autour desquelles s'enroulaient des fils métalliques recouverts d'une enveloppe de soie. J'avais compris que ces instruments n'étaient autre chose que des bobines de Rumkorf et faisaient sans doute partie d'un immense appareil électrique placé dans une salle voisine.

Le docteur Boldus les mit en communication avec la baignoire au moyen de deux fils de cuivre rouge et nous pûmes alors assister au plus singulier des spectacles.

Le liquide du bain se mit à tournoyer, non pas à la façon de l'eau qui bout ou va bouillir, c'est-à-dire non pas en faisant son évolution de bas en haut et de haut en bas, mais en formant une grande quantité de tourbillons dirigés en sens contraire et se livrant, dans le sens horizontal, à des mouvements circulaires si rapides, que les parois métalliques de la baignoire se mirent à rendre des sons semblables au crépitement de la pluie sur les vitres.

Entre chacun de ces tourbillons une bordure argentée se formait, composée d'une infinité de bulles d'air qui se succédaient rapidement et crevaient à la surface du liquide.

Tous les yeux fixés sur ce phénomène inattendu purent bientôt constater que le niveau du liquide allait en diminuant d'une façon sensible.

A travers sa transparence (était-ce une illusion?) il nous sembla voir le cadavre prendre une teinte moins sombre, perdre peu à peu ses tons jaunis de vieille cire, et s'enfler comme quand on insuffle de l'air dans une vessie.

Quelques minutes s'écoulèrent ainsi, le silence n'étant troublé que par le bruit étrange produit par la baignoire.

Tout à coup, le docteur Boldus, interrompant d'une façon brusque la communication, fit cesser le phénomène.

A un signal donné par son timbre bizarre, le serviteur noir accompagné d'un autre domestique blanc, entra et tous deux s'approchant de la baignoire retirèrent le corps mort et le posèrent de nouveau sur la table de marbre.

Nous vîmes alors, non sans la plus vive stupéfaction, que ce corps, naguère sec et rigide, avait repris le ton, l'ampleur et la souplesse du cadavre d'un homme qui vient de rendre le dernier soupir.

Nous nous approchâmes avec une précipitation dénotant plus de curiosité que de politesse réciproque et chacun de nous voulut toucher ces chairs blanches et mates.

C'était bien de la peau, de la peau humaine, avec le froid de la tombe, mais avec le contact d'un être animé.

Je promenai autour de moi un regard investigateur. Les sourires moqueurs ou ironiques avaient disparu. Mais sur tous les visages se peignaient l'étonnement, la stupéfaction, presque la peur !

Le vieil opérateur n'eut pas l'air de s'apercevoir de ce changement subit survenu chez ses spectateurs. Il fit approcher une étagère sur laquelle étincelaient des flacons de cristal ou de métaux précieux de toutes formes, contenant des liquides de toute couleur.

Il prit dans un tiroir un linge de fine batiste et essuya avec précaution le cadavre de Visconti. Puis il plaça tout auprès l'aiguière remplie de sang.

« — Vous voyez, messieurs, dit-il, que j'ai déjà rendu à ce corps, par un procédé aussi simple que rapide, la partie aqueuse que le soleil lui avait enlevée en 1402.

« Là, évidemment, ne doit pas finir ma tâche.

« Il faut maintenant que je rende au cadavre le sang qui s'est tout entier écoulé de sa blessure quand un fer meurtrier le troua sous les murs de Florence.

« Veuillez m'accorder encore votre attention, car c'est à cette opération que je vais procéder dans quelques instants. »

Le corps de Visconti avait été posé la face tournée vers le marbre de la table.

Le docteur, avec une vigueur que nul n'aurait pu supposer dans un homme de son âge, le retourna d'un seul mouvement et nous montra du doigt la blessure béante, devenue humide et en quelque sorte visqueuse, par laquelle la vie du Milanais s'était échappée avec son sang.

« — Avant tout, dit-il, vous comprendrez qu'il importe que je referme cette ouverture. Il est clair que les mêmes causes qui ont fait périr cet homme valeureux, viendraient aujourd'hui s'opposer à la résurrection que j'ai tentée et la rendraient impossible en donnant au sang une issue par laquelle il s'échapperait au fur et à mesure de son introduction. »

Le docteur Verbois regardait et écoutait avec une attention sans cesse croissante.

Je l'entendis qui disait à mi-voix, avec cette familiarité de langage qu'on lui connaît :

— Parole d'honneur, voilà que ça se corse et ça devient très intéressant.

Plusieurs têtes vénérables s'inclinèrent en signe d'approbation.

Le vieux Boldus prit dans son étagère un vase d'argent ciselé contenant une matière graisseuse d'un blanc grisâtre, ayant assez l'aspect de l'axonge que le commun des mortels appelle du saindoux ; il y mêla quelques gouttes d'un liquide rose qu'il puisa dans un flacon de cristal et qui répandit dans la salle une odeur fétide, nauséeuse, repoussante.

Il fit de ce mélange une bouillie qu'il étala avec soin sur une compresse de fine batiste ; puis il plaça cette sorte d'emplâtre sur la plaie béante, de façon à la reboucher.

Au moyen d'une bande de fine toile, il compléta l'appareil avec une adresse et une habileté capables de confondre nos plus grands praticiens dans l'art chirurgical.

Le docteur Hongrois Nezer, qui lui-même est une célébrité européenne, fut si frappé de la dextérité du vieux savant qu'il s'approcha de lui, lui tendit la main et dit à haute voix :

— Merci, cher maître, quand bien même ceux qui sont ici n'auraient à voir que l'application que vous venez de faire, ils auraient mauvaise grâce de se plaindre. Jamais opérateur n'a agi avec une telle sûreté et une habileté plus incontestable.

Le vieux Boldus sourit et reprit :

« — Maintenant il ne me reste plus qu'à injecter ce sang dans les veines et dans les artères. C'est une opération qui ne vous est pas étrangère et que plusieurs d'entre vous ont déjà pratiquée sous le nom de transfusion.

« Pour répondre d'abord à l'incrédulité de mon honorable contradicteur M. Verbois, il me suffira de lui faire observer que ce sang dont je vais me servir est sous ses yeux depuis plus d'une demi-heure. Si c'était, comme

il l'affirme, du sang humain véritable et non du sang de ma fabrication, il
sait bien que son emploi comme injection n'en serait plus possible.

« Dans les cas de transfusion du sang, il est essentiel que l'injection dans
les veines du patient soit faite aussitôt que ce liquide a été retiré des veines
qui l'ont fourni. Un retard d'une minute ou même de trente secondes suffit
pour déterminer un épaississement de la masse sanguine et ce premier
degré de solidification produirait infailliblement dans les capillaires du
poumon du malade des arrêts de circulation rapidement suivis d'asphyxie.

« Monsieur Verbois, veuillez, je vous prie, regarder de nouveau le liquide.
que je vais employer et constater qu'aucun épaississement, aucun commencement de solidification ne s'est produit. »

Le savant médecin français s'approcha de l'aiguière ; il recommença à
deux reprises la première expérience qu'il avait faite ; puis, secouant la
tête :

— Le sang est parfaitement liquide, dit-il. Mais j'aime mieux croire que le
docteur Boldus a découvert le moyen de reculer l'instant de la coagulation
du sang, que d'admettre qu'il ait fabriqué ce liquide si parfaitement semblable à du sang humain.

« — Soit ! dit Boldus ; nous reviendrons à cette question ; mais je continue.

« Au moyen de cet entonnoir d'argent, je verse ce sang dans cette seringue
graduée que je place dans ce vase rempli d'eau à 37 degrés, c'est-à-dire à
la température du corps humain. Puis je continue l'opération suivant les
règles de la logique et les notions les plus élémentaires de la science
physiologique. »

Quand la petite seringue en or fut amorcée avec le rouge liquide, l'opérateur, d'un coup de bistouri, pratiqua une ouverture à la partie inférieure
de la crosse de l'aorte. Il y fit pénétrer la pointe de son instrument et
poussa le liquide.

Il emplit ainsi les artères en faisant refluer le sang du tronc aux ramifi-
cations.

Pour remplir les veines, au contraire, il s'agissait de pousser l'injection
des rameaux vers le tronc, à cause des valvules dont sont garnis les vaisseaux. Il devint donc nécessaire de faire des injections particlles partant
des extrémités des membres, suivant les veines dans lesquelles le liquide
devait pénétrer.

Cette opération fut la plus longue.

Combien de fois fallut-il ramener la petite seringue à l'aiguière, combien de fois pousser le liquide dans les directions diverses qu'il était des-
tiné à parcourir ?

Il aurait fallu faire une véritable énumération. Ce qui est certain et ce
que je constatai moi-même, c'est que tout le contenu du vase y passa.

Nous remarquâmes avec un étonnement que personne ne songea à dissimuler que le cadavre, par suite de l'introduction de la liqueur vitale, avait de nouveau changé de teinte. Il n'avait pas encore ces tons roses que donne la vie, mais il était devenu d'un blanc moins mat et plus humain, si j'ose m'exprimer ainsi.

L'anatomiste Lepeltier s'avança vers l'opérateur et dit :

— Vous venez d'accomplir là une série de merveilles dans lesquelles on ne sait qui l'emporte de l'adresse, de la sûreté de la main et du coup d'œil, ou de la science acquise. Néanmoins nous constatons tous qu'il y a loin de l'état merveilleux où vous avez amené ce cadavre à la vie véritable.

Tous les savants réunis firent entendre un murmure approbateur.

Le docteur Boldus reprit sans s'émouvoir :

« — Vous pouvez vous assurer que le cadavre de Visconti est revenu dans la même situation apparente qu'au moment où, frappé d'une flèche homicide, il a commencé à perdre son sang.

« Voici d'ailleurs une expérience qui, je l'espère, va achever de vous convaincre. »

En disant ces mots, il pratiqua, à l'aide d'une fine lancette, une légère piqûre au bras du cadavre. Une goutte de sang vermeil vint y perler.

« — Il ne manque à ce cadavre, continua le vieux Boldus, que le mouvement, que l'action cérébrale.

« Il y a là une machine complète, mais elle est arrêtée, et il faut la mettre en marche.

« Que faut-il pour cela ?

« Peu de chose : l'échange du sang veineux et du sang artériel. Au moment où commencera ce phénomène, la locomotive sera chauffée, la vie sera revenue.

« C'est là, messieurs, ce que je vais avoir l'honneur de vous faire voir. »

C'était bien là qu'on attendait l'opérateur ; mais ces mots furent prononcés avec tant d'assurance que tous les assistants sentirent un frisson parcourir leurs membres, semblable à ce tremblement particulier qui précède la fièvre paludéenne.

Moi-même, en qui les merveilles que je venais de voir commençaient à faire naître la foi aveugle, je me sentais comme anéanti et il me semblait que j'étais victime d'un rêve ou d'un cauchemar. J'attendais avec impatience le dénoûment, c'est-à-dire le réveil.

J'étais pourtant encore assez maître de moi pour remarquer que chacun redoubla d'attention et retint sa respiration de telle sorte que l'expression *entendre voler une mouche*, devint une vérité.

Le nègre Pungo, qui apparaissait chaque fois que le docteur Boldus avait besoin de son aide et que, malgré moi, je comparai à cause de son teint noir comme l'ébène, au démon familier de Faust, s'approcha de la table de marbre et plaça la tête du cadavre de Visconti sur une sorte d'oreiller rigide dans une position plus élevée que le corps.

Quand ce faux Méphistophélès se fut retiré, son maître s'arma d'un scalpel.

Il s'approcha du cadavre et d'un seul mouvement circulaire, rapide comme l'éclair, il pratiqua une section de la peau qui recouvre le crâne.

Cette section, parfaitement régulière, suivait la ligne que déterminent les arcades sourcilières, passait au-dessus des oreilles, et faisait ainsi tout le tour de la tête.

Il prit ensuite dans son nécessaire, une pince d'argent au moyen de laquelle il écarta avec précaution la peau des deux côtés de la section.

Nous le vîmes ensuite s'armer d'une scie d'une forme particulière et qui est connue dans le monde des chirurgiens sous le nom de *scie à chaînette*.

Cet instrument, assez semblable à la chaîne de barillet que le ressort des montres à cylindre fait dérouler progressivement, était composé de petites lames d'acier brillantes bien trempé. Ces lames étaient armées de dents sur un de leurs bords, de manière à former une petite série de scies articulées les unes à la suite des autres.

L'extrême flexibilité de cette chaînette permit au docteur Boldus de l'engager dans le sillon sanginolent tracé par la section de cuir crânien, et d'entourer la tête du mort de cette scie circulaire, comme on l'eût fait d'une couronne.

Bientôt nous entendîmes, sous l'impulsion d'un mouvement rapide, grincer l'instrument sur les différents os qui composent la boîte osseuse.

Ce bruit de l'acier mordant les os, nous fit à tous froid jusqu'aux moelles.

Enfin ce grattement agaçant s'arrêta.

Le docteur Boldus, toujours grave et impassible, saisit d'une main la calotte hémisphérique qui se détacha sans effort, laissant à découvert la masse du cerveau.

O miracle! les six artères cérébrales se voyaient tracées en rouge sur la masse blanche et molle de l'organe encéphalique. Nous aperçûmes les hémisphères cérébraux réunis à leur base par le *corps calleux* et toutes les circonvolutions cérébrales séparées par les sillons sinueux qu'on nomme *anfractuosités*.

Le docteur promena un instant ses regards sur les spectateurs ébahis et sembla jouir de leur étonnement, puis calmant du geste les murmures d'admiration qui avaient éclaté dans l'assemblée :

« — Messieurs, dit-il, ici est le véritable foyer de la vie.

« Mille fois insensés sont ceux qui oseraient le nier.

Il se précipita au cou du docteur.

« C'est là le laboratoire mystérieux où prennent naissance les instincts, les pensées bonnes ou mauvaises, les fermes volontés et les défaillances. Toutes les passions humaines, toutes les vertus comme tous les vices ont leurs sièges dans cet entrelacement de lobes divers.

« Quand j'aurai fait reprendre ses fonctions à cette pâte tendre enveloppée dans sa triple enveloppe membraneuse, la substance grise de la moelle épinière ira porter la sensibilité à tout le réseau nerveux.

« A ce moment, le sang rouge, s'échappant comme un torrent du cœur par l'aorte, ira se distribuer dans tous les organes, tandis que le sang veineux, partant des ramuscules ténus de tous les mêmes organes, se précipitera vers le cœur par la veine coronaire et les veines caves.

« C'est là, messieurs, je vous le démontrerai sans peine, qu'un simple phénomène électrique change le sang rouge en sang noir et réciproquement.

« Mais avant de pousser plus loin mes démonstrations, j'éprouve le besoin de vous poser une question et de faire appel à votre bonne foi.

« Vous, messieurs, qui êtes des savants officiels, admettrez-vous que, quand j'aurai accompli mes promesses, quand j'aurai rétabli ces fonctions diverses qui sont l'essence même de la vie, quand j'aurai dans ce corps rétabli la sensibilité des organes, quand le torrent de la circulation distribuera partout les principes absorbés durant la digestion et l'inspiration ; quand, prenant ceux devenus impropres à la vie, il les rejettera par l'exercice des phénomènes contraires ; en un mot, quand cet homme aura le mouvement, la sensation de la douleur et celle du plaisir, quand il marchera, boira, mangera, parlera, jouira de ses cinq sens, le toucher, la vue, l'ouïe, l'odorat et le goût ; quand vous le verrez ainsi, admettrez-vous que je lui aie rendu l'existence et que j'aie ressuscité un mort ? »

Chacun des auditeurs regarda ses voisins ; puis à un instant de silence absolu succéda un murmure approbateur.

Le célèbre professeur William Kort s'approcha du docteur Boldus et lui serra la main avec effusion.

—Hâtez-vous, homme merveilleux, nous vous en supplions tous! s'écriat-il. Ce que nous avons déjà vu tient assez du miracle pour que nous nous attendions à voir les prodiges les plus invraisemblables.

Le docteur Boldus fit de la tête un signe d'adhésion. Tout le monde resta haletant pendant que s'opéra le phénomène incroyable que je vais essayer de décrire.

V

COMMENT ETTORE VISCONTI COMMENÇA A SENTIR SA BLESSURE APRÈS 468 ANS

Le vieux docteur prit sur son étagère de petits instruments en caoutchouc ayant la forme d'une balle élastique, mais plutôt ovales que régulièrement sphériques.

Ces instruments, creux à l'intérieur, avaient d'un côté une ouverture circulaire large environ comme une pièce de cinquante centimes. Du côté opposé était fixé un fil de platine d'une grande ténuité.

En examinant cet instrument de près, je vis que ce fil était fixé à la matière élastique par pénétration.

Du reste la forme même de ces sortes de boules ne surprit personne. Vous connaissez ces patères nouvelles en caoutchouc qu'on colle contre une glace en les pressant dans la main et en produisant ainsi un certain vide ou plutôt une raréfaction de l'air qu'elles contiennent. Les globes du docteur furent fixés par lui d'une façon analogue contre chacune des circonvolutions cérébrales.

Les fils de platine réunis en un faisceau furent mis en contact avec une bouteille en verre blanc pleine de feuilles ténues d'un métal qui avait la couleur et l'éclat de l'or et terminée à son extrémité supérieure par une boule de cuivre comme l'est la bouteille de Leyde.

Le flacon était lui-même relié par un fil métallique à une boîte qui fut ouverte.

J'étais placé tout près de l'appareil et quel ne fut pas mon étonnement quand je vis que ce coffre, garni de gutta-percha à l'intérieur, renfermait un poisson aplati assez semblable à une raie, mais ayant la peau lisse, molle, dépourvue de piquants et de tubercules.

Je reconnus sans peine une torpille dont la tête enveloppée de fils conducteurs était en contact avec le fil de métal communiquant au cerveau du mort.

A peine cette pile singulière eut-elle été mise en mouvement, qu'un cri d'étonnement qui s'échappa de toutes les bouches ramena mon attention sur le corps de Visconti.

— J'affirme qu'il a bougé! s'écria le chimiste Guébard.

— Cela est faux, archifaux, répondit le vieux professeur Nezer avec un emportement juvénile si peu en rapport avec ses cheveux blancs, que tous ces messieurs ne purent, malgré la gravité des circonstances, réprimer un sourire.'

— Attendez donc, jeunes impatients! dit, avec une douce bonhomie, le docteur Boldus.

Il s'approcha du récipient où nageait la torpille et jeta dans l'eau qui l'enveloppait quelques cristaux d'un sel transparent, rouge comme du sang.

Un léger bouillonnement se produisit; le poisson s'agita vivement comme s'il voulait s'élancer hors du récipient qui lui servait de prison.

Moi je ne perdais pas de vue le cadavre. Cette fois, il n'y avait pas à en douter, le corps de Visconti fit un mouvement violent comme pour se retourner sur la table de marbre.

Un immense soupir de satisfaction sortit de toutes les poitrines.

— Vous rendez-vous à l'évidence? demanda d'une voix douce le docteur Boldus à Nezer.

— Certes! le cadavre a bougé; j'aurais mauvaise grâce à le nier, mais je ne suis pas encore convaincu. Étant donnés les phénomènes auxquels nous venons d'assister, ce mouvement n'a rien d'extraordinaire.

Ce corps a été rendu à l'état où il se trouvait au moment de la mort, le nier serait vouloir nier l'évidence.

Or, qui de nous n'a pas vu des grenouilles mortes avoir de violents mouvements musculaires au contact des éléments d'une pile galvanique? Qui de nous n'a entendu citer, s'il ne les a vus lui-même, des cadavres humains, soumis au même phénomène nerveux, reprendre les apparences de la vie?

Hélas! ce ne sont pas là de véritables résurrections.

— Allons! dit en souriant Boldus, il faudra faire entrer votre doigt dans la plaie, incorrigible incrédule!

Le cadavre, que je n'avais cessé d'observer, était retombé dans l'immobilité rigide de la mort. Je m'aperçus que le docteur avait momentanément interrompu toute communication entre le corps et l'appareil.

A l'instant même où il la rétablit, un nouveau mouvement se produisit, plus accentué que le premier.

Le bras, se contractant vivement, se ploya et la main vint se poser sur l'endroit où l'appareil chirurgical, placé au commencement de la séance, recouvrait la plaie terrible qui avait coûté la vie à Visconti.

— Avec la vie, naît la douleur! C'est la loi éternelle, dit d'une voix grave le docteur Boldus.

Je crus alors remarquer que la poitrine du mort se soulevait légèrement et à intervalles égaux, comme cela a lieu dans la respiration d'un homme endormi; mais rien n'avait encore remué sur son visage pâle et cadavéreux.

— Approchez, nouveau saint Thomas, dit Boldus, en soulevant un bras du seigneur milanais et en souriant doucement à son contradicteur.

Tâtez le pouls de cet homme et voyez si c'est là, comme je vous l'ai promis, la vie qui revient avec la fièvre terrible qu'entraîne la plaie non encore cicatrisée.

Nezer s'approcha, saisit le poignet du mort et je le vis pâlir si profondément que, craignant un accident, je me précipitai pour le retenir dans mes bras.

Il resta un instant immobile et muet.

— Cet homme vit! s'écria-t-il enfin dans un mouvement indicible d'en thousiasme. Cet homme est un ressuscité!... O science! qui donc a dit que tu n'étais qu'un vain mot?

Il se précipita au cou du docteur Boldus et l'embrassa avec tendresse.

Tous les savants, témoins de cette scène, ne voulurent pas rester en retard et mon vieil ami eut à supporter une véritable bordée de baisers septuagénaires.

— Messieurs, dit enfin Boldus, quand le silence se fut un peu rétabli, si je poursuivais mon œuvre avec trop de précipitation, il est à peu près certain que le malheureux Hettore Visconti succomberait bien vite à la fièvre qu'a fait naître sa blessure.

Il importe que je le laisse dans cet état de sommeil inconscient jusqu'à ce que la plaie dont il est mort soit fermée.

Je vous demande pour que la cure soit radicale, définitive et complète, un délai de huit jours. Donc, messieurs, je vous attends ici jeudi matin à pareille heure.

Voilà, mon ami, ce que je viens de voir.

J'ai vu, de mes yeux vu, ce qui s'appelle vu, Hettore Visconti passer successivement de l'état de momie à celui de cadavre et de l'état de cadavre à celui de vivant.

Hettore Visconti respire; son pouls bat.

Je vous écrirai la suite de ce conte des *Mille et une Nuits*, jeudi soir, quand j'en connaîtrai le dénoûment définitif.

Mais, avant de terminer cette lettre, je veux vous faire connaître les opinions diverses des savants qui, comme moi, ont été les témoins de ces faits miraculeux.

Quand le docteur, après avoir fait emporter dans une autre pièce, sur un lit de repos, le corps de Visconti, nous eut laissés seuls, nous nous regardâmes tous, non sans un grand embarras.

— Que pensez-vous de tout cela? dit le docteur Verbois au professeur Camus.

Pour moi, je persiste à dire que nous venons de nous laisser mystifier d'une façon admirable.

— Mais, reprit le savant M. Camus, il me semble bien difficile de répondre à cet argument que je vous adresse *ad hominem* :

Vous avez vu !

— Eh bien, oui! j'ai vu, mais je ne crois pas.

Il y a quelque chose qui est supérieur à la vue, au toucher, à tous les sens réunis, c'est le bon sens. Jamais je n'admettrai la réalité d'une expérience qui me semble absurde et que ma raison répudie. Autant vaudrait me faire admettre les miracles de Lourdes et de la Salette.

— Mais encore ?... voulut dire le professeur.

— Il n'y a pas de mais ! Je préfère qu'on m'appelle aveugle, entêté, que de m'entendre qualifier d'idiot par des gens qui parleraient comme ma conscience.

— Décidément, dit l'aimable M. Camus, comprenant l'inutilité d'entamer en ce moment une sérieuse polémique, vous rendez des points pour l'incrédulité à saint Thomas lui-même !

Vous avez pu voir et sonder la plaie de Visconti, tâter son pouls, écouter son haleine. Vous avez vu se mouvoir son cadavre qui, quelques instants avant, ne représentait qu'une matière cornée et cassante et vous niez encore ! Niez donc aussi la lumière et l'éclat de ce brillant soleil.

— Hé bien, oui ! Je nierai cela aussi s'il le faut, mais je refuse d'admettre que deux et deux font cinq, que la partie est plus grande que le tout, que la ligne droite est le chemin le plus long d'un point à un autre; je nie l'absurde et je ne consentirai jamais à me décerner à moi-même l'épithète de vieille bête !

— Moi, reprit sérieusement Camus, je ferai demain mon cours au Collège de France; mes premières paroles seront pour affirmer le miracle dont nous venons d'être témoins.

— J'ai grande envie d'aller vous entendre, reprit Verbois, avec un rire nerveux. Je verrai quel effet votre révélation produira sur votre auditoire. Je gage que tous les journaux de Paris publieront que vous avez été frappé soudainement d'enfance sénile.

— Je me risquerai néanmoins, affirma le vieux savant. Le premier devoir d'un honnête homme est de témoigner de la vérité.

Cependant nous nous étions mis en route pour le retour à Paris et c'est au milieu de ces conversations ou plutôt de ces discussions semi-bienveillantes que nous regagnâmes la gare où nous devions prendre le train.

— A jeudi, donc, dit M. Nezer, nous verrons bien ce qu'il en adviendra.

Le vénérable William Kort, avec l'autorité de son grand âge et de sa science presque universelle, interrompit M. Nezer et reprit avec une noble fermeté :

— Quoi qu'il advienne jeudi prochain, n'oublions pas, messieurs, que nous venons d'assister aujourd'hui au plus merveilleux des spectacles !

Qu'importe, en effet, que cette momie âgée de près de cinq siècles, retrouve ou non une existence durable? Qu'importe si, comme le craignait le grand maître qui vient d'opérer devant nous des miracles, Visconti, rendu à la vie par un sublime effort de la science, succombe de nouveau sous le poids des causes qui lui avaient déjà ravi l'existence ?

Le fait important, capital, c'est que ce cadavre desséché, aplati, mort depuis près de cinq cents ans, n'ayant plus ni forme ni couleur humaine, sous la baguette magique de cet admirable vieillard, vient de recouvrer non-seulement la forme plastique de ses membres, l'élasticité de ses muscles, le jeu de ses nerfs, mais encore la circulation du sang, la respiration, la vie !

Je soumets cette simple observation à vos esprits judicieux.

Que ne pourra faire Boldus sur des vivants affligés ou malades, s'il obtient de tels résultats sur les morts !

Nous nous séparâmes sur ces mots, et je restai seul, bien heureux d'avoir vu un des plus savants hommes du monde, prendre ainsi devant un public d'élite, la défense de mon vieil ami.

Adieu encore une fois et écrivez-moi avant jeudi afin que je sache ce que vous pensez de moi et de tous ces faits. Il me semble impossible que vous me croyiez sur parole.

Tout à vous,

JEHUL.

P. S. Je n'ai pas encore eu le temps de vous adresser les revues scientifiques et les journaux qui relatent ces faits; mais tout Paris est dans la fièvre.

VI

OU L'AUTEUR FAIT SES RÉFLEXIONS ET OU L'HISTOIRE D'ETTORE VISCONTI SE TROUVE
SUBITEMENT INTERROMPUE

Ces deux lettres de mon ami Jehul m'avaient plongé, je dois l'avouer, dans une grande perplexité. Quelque confiance que j'eusse en un homme dont j'avais pu apprécier le caractère sérieux et les fortes études, ma nature sceptique était plus forte que mon désir de croire et j'en revenais toujours quoique involontairement à l'opinion émise par le docteur Verbois.

— Certes! me disais-je au fond de ma conscience; il est certain que le bon sens est supérieur à tous les témoignages. On doit répudier ce que la raison refuse d'admettre..... Et pourtant, voilà les plus grandes lumières du siècle qui ont assisté à un fait qui me semble incroyable, qui l'affirment, qui le proclament, et moi, misérable atome ignorant, je refuse de croire à leurs témoignages !

Décidément je suis un abominable orgueilleux.

Je répondis à mon ami, je lui fis part de mes hésitations, de mes scrupules.

« Écrivez-moi souvent, lui disais-je en terminant. Si les affaires qui me retiennent ici, si loin de vous, n'avaient pas l'importance que vous savez, je n'hésiterais pas un instant, Je volerais à Paris et je pourrais voir par moi-même ces merveilles que vous me racontez. Pourtant, bien que je fasse mes réserves, j'ai autant de confiance au moins en vos yeux qu'aux miens propres. J'aurais vu ce que vous m'écrivez, je crois sincèrement que je serais moins disposé à y ajouter foi, que je ne le suis à accepter vos conclusions.

« C'est égal ! ressusciter un mort, cela me paraît d'un fort !.... »

J'attendais une nouvelle lettre de Jehul, avec une impatience bien légitime et que tout le monde comprendra facilement, mais au lieu de me répondre, comme je l'en priais, par retour du courrier, mon ami sembla m'oublier tout à fait et je restai plusieurs jours sans nouvelles.

Le lieu où je demeurais à ce moment et où me retenaient des affaires d'une extrême importance, était un coin perdu de la France, un affreux hameau, loin de tout centre habité, et où ne pénétrait aucune feuille publique, pas même le journal du département.

J'étais donc dans une grande perplexité et j'éprouvais une vive inquiétude quand enfin, après une attente de plus de douze jours, je reçus un nouveau pli contenant une lettre du jeune docteur.

Après s'être excusé du retard qu'il avait mis à me répondre, il s'exprimait ainsi :

« La vie est remplie d'évènements imprévus et j'aurais certainement traité de rêveur insensé celui qui m'aurait annoncé il y a huit jours la résolution que je viens de prendre.

« Permettez-moi de reprendre le fil de mon récit ; car vous vous doutez bien que si un évènement inattendu se produit dans mon existence, le docteur Boldus n'y est pas étranger.

« Quand chacun des témoins de l'acte miraculeux accompli par le vieux savant, fut rentré chez lui, les réflexions, les objections, les doutes commencèrent à se faire jour dans nos esprits.

« Est-il besoin de dire que tous attendirent le jour fixé pour les nouvelles expériences avec une impatience fiévreuse ?

« Pour mon propre compte, je ne pus résister à ma curiosité et le dimanche, après midi, j'allai faire une visite au docteur Boldus.

« En route je préparai le discours par lequel je justifierais mon indiscrétion.

« Je rappellerais au vieux savant l'amitié qu'il m'avait toujours témoi-

Ce timbre d'ailleurs était doublement remarquable.

gnée, j'invoquerais son indulgence bien connue, et je tâcherais d'exciter sa curiosité en lui faisant part des réflexions faites par ses visiteurs et des impressions diverses qu'ils avaient emportées.

« Le docteur me fit remercier de ma démarche, mais il me fit savoir par son valet de chambre Yvon qu'il lui était impossible de me recevoir.

« Les soins exigés par l'accomplissement de son œuvre, me fit-il dire, absorbaient tout son temps.

« Force me fut de revenir bredouille et d'attendre le jeudi, comme le commun des mortels.

LIVRAISON V

« Pourtant j'interrogeai Yvon, un Breton bretonnant de la plus belle eau, mais un serviteur dévoué du docteur qui lui accordait toute sa confiance.

« J'appris que Boldus depuis l'instant de notre réunion, n'était pas sorti de la salle des expériences, qu'il en avait sévèrement interdit l'entrée à tous ses gens, disant qu'il y avait danger de mort à transgresser ses ordres.

« C'était le nègre Pungo et lui, Yvon, qui avaient été chargés de faire respecter cette consigne.

« Depuis, il n'avait pas pénétré dans la salle, mais chaque fois qu'il s'était approché de la porte, il avait entendu à l'intérieur un bruit intermittent.

« Par moments, on entendait sortir de la pièce mystérieuse des cris étouffés et des râles ressemblant à la crépitation du sel sur le feu.

« Un instant après, ce râle se changeait en un son léger, semblable au roucoulement du pigeon et s'enflait parfois jusqu'à rappeler le ronflement d'un homme qui dort.

« J'attendais avec résignation le terme fixé par le docteur Boldus. Le lundi se passa, puis le mardi.

« Enfin, le mercredi matin, au moment où je cessais de compter les jours, mais où je comptais les heures qui me séparaient encore de l'instant décisif, on frappa à ma porte.

« Mon concierge me remit une lettre sur l'adresse de laquelle je reconnus l'écriture ferme et magistrale du docteur.

« J'y lus:

« Des raisons de la plus haute importance me forcent à remettre à une
« autre époque l'expérience que j'avais tentée avec succès jeudi dernier.

« Cette expérience, je l'ai continuée dans le silence du cabinet.

« Un immense problème s'est dressé devant moi :

« Visconti est vivant ; ses jambes le soutiennent ; il mange, il boit, il se
« souvient et pourtant il ne jouit pas de la vie complète.

« Je veux résoudre la question dans ses plus extrêmes limites et je pars
« pour aller rechercher la solution du problème.

« Si vos occupations vous le permettent, faites vos malles et accompa-
« gnez-moi.

« Ce sera un voyage d'un, de deux, de trois ans, qui sait ? Où ? Je l'ignore
« encore.

« Si vous vous décidez, soyez à Marseille d'ici à quinze jours, vous aurez
« votre place à bord et vous pouvez négliger toutes les provisions qu'on a
« coutume de faire avant d'entreprendre un long voyage. Vous trouverez
« chez moi tout ce qu'il vous faudra. »

Paris. — Typographie N Rianpain, 7, rue Jeanne.

« Telle est la lettre du docteur.

« Vous comprenez bien, cher ami, qu'on ne néglige pas une occasion semblable. Je mets à la hâte ordre à mes affaires ; je réalise mon avoir et je pars.

« Plusieurs de ces messieurs les savants, qui ont assisté à la résurrection de Visconti, ayant reçu une lettre semblable, se décident comme moi à accompagner le docteur.

« Si j'en ai le temps, je vous écrirai de Marseille. »

Signé : JÉHUL.

FIN DE L'INTRODUCTION

VOYAGES A TRAVERS LE MONDE

DOCTEUR BOLDUS

PREMIÈRE PARTIE

A TRAVERS LA MÉDITERRANNÉE, L'OCÉAN INDIEN ET LE PACIFIQUE

CHAPITRE PREMIER

OU L'AUTEUR CROIT DEVOIR DONNER A SES LECTEURS QUELQUES MOTS D'EXPLICATION NÉCESSAIRES A L'INTELLIGENCE DU RÉCIT

Les graves préoccupations qui suivirent les évènements que je viens de raconter me les avaient fait oublier malgré leur singularité. Comme tous les Français désireux de sauver l'honneur de la patrie, à défaut de pouvoir la faire triompher, j'avais, malgré mon âge avancé, pris les armes pour repousser l'invasion. Ce ne fut que lorsque la paix eut été définitivement conclue que je pus rentrer à Paris.

La capitale du monde civilisé était à ce moment couverte des ruines que les deux luttes cruelles qu'elle venait de soutenir avaient amoncelées dans toute son étendue; j'étais si profondément affecté par tant de catastrophes successives, que je tombai gravement malade.

Plusieurs mois plus tard seulement, lorsque je fus rendu à la santé, je me souvins de mon ami Jéhul, du docteur Boldus et des étranges révélations qui m'avaient été faites deux ans auparavant. J'interrogeai vainement plusieurs personnes de ma connaissance, personne ne put me renseigner sur ces faits que les évènements de la guerre avaient ensevelis dans l'oubli.

Un jour pourtant je découvris chez un collectionneur de ma connaissance une série de numéros d'un journal le *Porte-Voix*, qui avait paru à Paris avant la guerre et dans lequel je trouvai relaté, dans tous ses détails, le récit du docteur Jéhul ; je ne doutai désormais plus de l'authenticité, sinon des faits matériels qui y étaient relatés, au moins de l'émotion profonde produite par l'apparition du vieux savant. Je savais de longue date combien, à Paris surtout, les impressions les plus vives s'effacent aisément, et je ne tardai pas moi-même, entraîné par les luttes incessantes de la vie réelle, à oublier et l'ami Jéhul disparu, et le docteur Boldus et les miracles qu'il avait accomplis.

Un jour je reçus un paquet volumineux. Il m'avait été apporté pendant mon absence par un exprès qui avait recommandé à mon domestique de le conserver avec soin et de me le remettre sans faute dès que je rentrerais.

Je dénouai, non sans quelque curiosité, les cordons qui reliaient ce paquet et je trouvai sous l'enveloppe un manuscrit, tout entier de la main du docteur Jéhul. Je me rappelai alors ses récits d'autrefois, son projet de voyage et je lus sans m'arrêter ce document tout rempli de faits sin-guliers.

C'est ce récit que je livre aujourd'hui au public en lui conservant le plus possible sa forme de journal de voyages. Je n'en élaguerai que les détails qui, par leur caractère trop exclusivement scientifique, courraient le risque de lasser les lecteurs.

Ces quelques mots d'explication nécessaires étant donnés, je commence la narration du voyageur avec l'espoir que le public prendra à la lire une partie du plaisir et du poignant intérêt que j'y ai trouvés moi-même.

CHAPITRE II

LE JOURNAL DU DOCTEUR JÉHUL

Arrivée à Marseille. — Préparatifs de départ. — Le navire l'*Étoile des mers*. — Souve-nirs et regrets. — La cabine du docteur Jéhul. — Le grand salon des passagers. — Le timbre silencieux. — Le nègre Ali. — Le savant académicien M. Verdun. — La vie au rebours. — Pourquoi l'*Étoile des mers* a cessé d'être pavoisée.

20 *novembre* 1870. — Me voilà arrivé à Marseille et installé pour cette nuit seulement au *Grand Hôtel des voyageurs*. J'ai résolu, pendant toute la durée du long et mystérieux voyage que j'entreprends, de confier jour par jour au papier, non-seulement le résultat de mes études et de mes observa-tions personnelles, mais encore mes impressions les plus intimes. De cette sorte, si plus tard les hasards de la vie d'aventures me permettent de revoir ma patrie, je pourrai revenir en arrière et me retrouver par la pensée, et jour par jour, au milieu des évènements qui se succèderont forcément dans un voyage comme celui que je vais entreprendre. Dans le cas contraire

mon manuscrit me survivra peut-être et pourra être de quelque utilité aux personnes entre les mains de qui il tombera.

Le docteur Boldus, ce merveilleux savant, qui consent à m'accepter comme compagnon de route, n'est-il pas à lui seul, un problème indéchiffrable? Qui peut prévoir à quels étranges spectacles les heureux mortels admis à faire partie de notre expédition seront appelés à assister?

Pour moi, dont il a vaincu depuis longtemps l'esprit sceptique, moi qui ne voulais rien croire de ce qu'une froide analyse ne pouvait m'expliquer, je pars avec la foi d'un apôtre et la certitude d'entrer avec ce Mentor dans un monde d'enchantements.

Mes yeux sont dessillés; les mots possible et impossible sont de vaines consonnances. Tous les contes de mon enfance, les *Mille et une Nuits*, les *contes fantastiques d'Hoffmann*, les *histoires extraordinaires d'Edjard Poë*, les *contes naïfs de Perrault*; le monde des fées, des magiciens, des enchanteurs, les pérégrinations nocturnes des sorcières, les fantastiques aventures de Faust et de Méphisto n'ont plus rien qui me surprenne, et je suis tout prêt à y ajouter foi comme je croirais à des démonstrations mathématiques.

C'est pour entrer dans ce domaine de l'extraordinaire, de l'étrange et de l'absurde, que je quitte les miens, ma mère adorée, ma sœur chérie! C'est pour vous, docteur Boldus, savant surhumain, qui avez reculé les bornes de la science jusqu'à l'absolu, que j'ai consenti à partir sans même avoir serré sur mon cœur ces êtres aimés, sans leur faire connaître mon départ.

Que diront-elles, les saintes et dignes femmes, quand elles connaîtront mon départ?

Que dira, que pensera de moi ma douce Amélie, la fiancée de mon cœur, Amélie dont j'allais bientôt faire une vaillante épouse, Amélie qui m'attend et qui m'aime?...

Amélie, ma mère, ma sœur mourront peut-être de désespoir. Je sais cela; tout mon être en frémit et pourtant, je pars! L'inconnu, la science valent-ils mieux que l'amour? je ne sais: je le crois, tout en moi crie que ce sont là des biens que rien ne saurait remplacer et cependant je pars!

Demain, dès l'aube, je serai à bord de l'*Étoile des mers*. C'est là que m'attend le docteur, là que ma destinée doit s'accomplir.

27 novembre. — Me voilà enfin à bord et dans quelques heures nous aurons levé l'ancre; dans quelques heures nous voguerons vers l'inconnu!

Tout, depuis mon arrivée ici, m'a semblé si digne d'intérêt, si extraordinaire, que je ne sais par où commencer ces notes de voyage.

Ma cabine, ou plutôt ma chambre à coucher, mon salon et ma bibliothèque, car la pièce où j'écris ces mots représente tout cela, est située à l'avant du navire dans l'étage supérieur; elle est vaste et somptueusement aménagée.

Tout le tour en est tendu d'étoffe de soie capitonnée; un hublot carré sert de fenêtre à ma demeure et me permet d'étendre ma vue en pleine mer sans que je sois obligé de monter sur le pont.

Des meubles aux formes gracieuses et fabriqués en bois de teck des Indes, supportent dans leurs rayons un nombre énorme de livres uniformément reliés, et que, par une attention délicate, le bon docteur a fait marquer à mon chiffre.

Cette bibliothèque ou plutôt cette série de bibliothèques en bois blanc, parfumé et d'un grain serré, font, par l'élégance de leur forme et leur couleur claire, un contraste agréable avec les tentures qui affectent au contraire une teinte sombre, comme il convient à la chambre d'un homme qui se voue à l'étude.

Un lit élégant rappelant l'époque de Louis XV, comme d'ailleurs le reste de l'ameublement, des chaises, un canapé, des fauteuils bien rembourrés et invitant au repos, une table de travail en bois de rose incrusté et sur laquelle j'écris ces notes, forment mon mobilier. Dès mon entrée ici, j'ai compris que la vie m'y serait facile et agréable, quelque doive être d'ailleurs la durée du voyage que j'ai entrepris.

Mon arrivée sur l'*Étoile des mers* a été toute remplie de surprises. Le grand hôtel des voyageurs où j'avais passé la nuit, est situé sur le boulevard de la Magdeleine qui fait suite à l'allée de Meillan et qui mène au port en traversant la rue de Noailles et la fameuse Canebière.

En arrivant sur le quai, je reconnus du premier coup d'œil le navire du docteur Boldus à son élégance et à la richesse de son gréement.

L'*Étoile des mers*, bien que dans des proportions moins grandes, est construite sur le modèle des navires de guerre à vapeur et à trois ponts. Quand je l'aperçus, sa mâture et ses agrès étaient tout couverts de pavillons brillants. Du mât de misaine au mât d'artimon, en passant par le grand mât, c'était un véritable kaléidoscope, composé des couleurs les plus vives rehaussées d'or et d'argent. A chaque vergue, à chaque cordage, étaient hissés des pavillons, des drapeaux, des oriflammes aux armes et aux couleurs de toutes les nations du monde. L'éclat des étoffes soyeuses, les reflets jaunissants des broderies d'or, la blancheur brillante des arabesques d'argent, formaient un spectacle magique.

Je remarquai une petite baleinière amarrée au quai de la Fraternité. Elle était ornée, comme l'*Étoile des mers*, de couleurs étincelantes.

Celui qui semblait commander à bord de cette jolie embarcation sauta à terre en m'apercevant et, bien que je n'eusse pas le moindre souvenir de l'avoir jamais vu, il vint à moi sans hésiter.

— Vous êtes le docteur Jéhul? me dit-il.

— Oui, monsieur.

— Suivez-moi donc et ne vous préoccupez pas de vos bagages, ils seront à bord du navire en même temps que vous.

Monsieur me dira-t-il où se trouve ma chambre?

Je me rendis à cette invitation et notre barque légère, longue et étroite,
fendit bientôt les flots, so is les efforts combinés de quatre rameurs que
leur visage aussi noir que la nuit me désigna comme des hommes origi-
naires de l'Afrique centrale.

Quand nous eûmes accosté l'*Étoile des mers*, au lieu de l'ascension difficile qui attend souvent les passagers au moment de leur embarquement,
je me trouvai en face d'un escalier mobile aussi léger qu'élégant qui, s'appuyant sur les flancs du navire, m'offrait pour y monter la sécurité de ses
marches et d'une rampe recouverte de velours soyeux.

Je fus bientôt à bord et le commandant de la canonnière qui m'avait amené, me prit par la main, sans doute afin d'observer à la lettre une consigne qu'il avait reçue.

Je le suivis sans mot dire, nous nous engageâmes dans l'ouverture d'une écoutille ouverte sur le pont, à l'arrière du vaisseau, et bientôt je me trouvai dans un salon somptueux.

— C'est là, me dit-il.

Je m'inclinai en signe d'approbation et je m'assis sur un divan oriental. Il me salua et sortit.

Lorsque je fus seul, j'examinai en détail les splendeurs qui m'environnaient.

Le style de l'ameublement m'était inconnu, bien qu'il me rappelât par ses détails, tout ce que j'avais été appelé jusqu'alors à voir des choses provenant de l'extrême Orient.

Les tentures de laine fine et moelleuse, dans lesquelles je reconnus les produits de Cachemyr et des provinces voisines de l'Himalaya, étaient ornées de dessins aux couleurs vives, comme l'Inde anglaise semble en avoir le monopole, mais aux formes étranges comme les Chinois seuls peuvent les rêver et les exécuter avec la pointe de leurs magiques pinceaux.

Sur des meubles aux sculptures finement fouillées dans les essences de bois les plus précieuses, s'amoncelaient des vases et des statuettes, tous remarquables par la forme et par les détails de l'exécution.

Tous ces objets d'ailleurs avaient un cachet asiatique des plus accentués. On y voyait de gros Bouddhas, les mains étendues sur un ventre flottant entre la majesté et l'obésité, des déesses aux nombreuses mamelles ou aux bras multiples, des porcelaines et des faïences que notre art européen sera éternellement impuissant à reproduire.

De larges divans, peu élevés au-dessus du sol, faisaient le tour de la pièce et offraient des lits de repos à tous les hôtes qui y entraient. Du plafond tendu et capitonné d'étoffes brillantes comme les parois du salon, pendaient des lampes de cristal qui devaient, le soir, jeter leurs reflets mystérieux et discrets, sur l'ensemble des meubles et des ornements.

J'étais là déjà, depuis un assez long temps, plongé dans mes réflexions et livré à l'admiration que m'imposait ce luxe de bon goût, quand une portière se souleva.

Je vis entrer le vieux Boldus, le sourire sur les lèvres.

— Je vous attendais, me dit-il, et je vous remercie de votre exactitude. Il me tendit la main ; je la serrai avec effusion.

— Merci ! balbutiai-je, d'avoir bien voulu m'admettre parmi vos compagnons de route.

Il ne me répondit pas, mais vint s'asseoir sur le divan, à mes côtés.

— Nous lèverons l'ancre aujourd'hui même, me dit-il. Il faut dire, pour

lon temps peut-être, adieu à la vieille Europe, à la patrie, à la famille,
aux douces affections du foyer. Un voyage, c'est l'éternel imprévu, c'est
le danger incessant. Voyons, il en est temps encore ; sur un simple signe,
je vous ferai reconduire à terre ; nous nous reverrons au retour, si le
retour s'accomplit.

En me disant ces mots, le docteur avait dirigé dans mes yeux son regard
profond ; je sentis mon âme entière remuée et il me sembla que la pensée
du savant Boldus pénétrait jusqu'au fond de mon cœur.

— Je suis venu avec joie, lui dis-je, je vous suivrai partout où il vous
plaira d'aller.

— Sans regrets ? interrogea-t-il.

— Sans regrets, repris-je avec force.

Le docteur se tut un instant et parut se recueillir.

— Voyons, mon enfant, dit-il enfin, ne laissez-vous donc ici ni parents,
ni amis dont le souvenir vous poursuivra dans les contrées lointaines ?

— Je laisse une vieille mère, une sœur qui m'aime, des amis dévoués ;
et je les quitte, sinon sans regrets, au moins avec une décision si nette, que
je n'ai annoncé mon départ à personne, de peur que des instances ami-
cales ne vinssent apporter quelques difficultés imprévues à l'exécution de
ma volonté.

Le bon docteur me regarda encore en face et d'une voix presque at-
tendrie :

— En dehors des affections sacrées de la famille, dit-il, en dehors des
affections plus tempérées de l'amitié, il y a pour les hommes de votre âge
des sentiments plus vifs et qui ne sont pas moins respectables. Peut-être
quittez-vous une femme aimée et son souvenir viendra-t-il apporter plus
tard le trouble et les chagrins dans votre conscience !

Ces paroles me remuèrent de fond en comble et mon trouble ne put
échapper à l'œil perspicace du vieux savant. Il me tendit encore une fois
la main et vit une larme tomber de mes yeux.

— Ayez foi et courage, me dit-il d'un ton presque joyeux, qui tranchait
avec l'inquiétude que j'avais vue sur son visage pendant qu'il m'interro-
geait. L'avenir appartient à ceux qui savent le préparer ; il se compose
invariablement d'imprévu et de surprises. Tel croit qu'il fuit le bonheur, qui
s'en approche à grands pas. Tel autre, à la veille de réaliser tous ses rêves,
les voit s'évanouir comme un vain mirage. Je vous le répète, mon jeune
ami, ayez le courage et la foi : le vieux Boldus vous aime ; il sait plus de
choses qu'on ne le pense ; il a juré de vous rendre heureux. Comptez sur
le bonheur à courte échéance.

Il se leva alors.

— Vous êtes ici chez vous, dit-il : voyez ce timbre qui est de mon invention. Vous l'avez déjà vu à Paris. Vous n'aurez qu'à appuyer un doigt dessus; il restera silencieux; mais, bien qu'aucun conducteur électrique ne le mette en communication avec l'extérieur, vous verrez immédiatement accourir le serviteur que j'ai mis à votre disposition pour toute la durée de notre voyage.

Je l'interrompis alors :

— Pardonnez-moi, lui dis-je, d'avoir commis une indiscrétion en demandant l'admission à bord de l'*Étoile des mers* d'un serviteur depuis longtemps déjà à mon service. Mon pauvre Claude sera désespéré si on lui refuse de m'accompagner. De plus, je n'ai pas songé à assurer son existence en France pendant mon absence et le pauvre garçon est si nul qu'il mourra certainement de faim, si je l'abandonne.

— Rassurez-vous, me dit le bon docteur Boldus, votre domestique Claude Jacquinot est déjà à bord. Vous le trouverez dans votre cabine, occupé à mettre en ordre vos bagages. Cela n'empêchera pas Ali, votre nouveau serviteur, de vous être utile. Il a une qualité que je prise infiniment dans un homme de sa condition : il est muet et ne saurait vous compromettre. Il comprend d'ailleurs parfaitement le français et il est habitué à obéir aveuglément à tous les ordres qu'il reçoit, quelle qu'en soit la nature.

Quand le docteur eut disparu par la même voie par laquelle il était venu, je fus saisi par le désir de faire connaissance avec Ali. Je m'approchai du guéridon sur lequel était posé le timbre brillant que mon vieil ami m'avait montré. Je le pris à la main et je m'assurai qu'aucun fil conducteur n'y était fixé.

Ce timbre était d'ailleurs doublement remarquable par le métal dont il était fait et par l'art qui avait présidé à sa formation. Il était d'or pur, ce qui était facile à reconnaître en raison de son grand poids sous un petit volume. Ce précieux métal avait été ciselé par une main habile, bien que rien n'y rappelât la convention artistique qui est de mode dans nos pays occidentaux.

Le timbre représentait un dragon les ailes déployées ; rien de fantastique et de bizarre comme la forme de cet animal imaginaire. Sa figure presque humaine était ornée d'un bec recourbé qui lui donnait une physionomie étrange. Je ne pouvais me lasser de considérer ce visage qui me rappelait certains hommes, à qui la foi publique prête le don de jeter des sorts sur les êtres humains ou sur les animaux. Deux pierres vertes que je reconnus pour des émeraudes de la plus belle eau lui formaient des yeux ronds et transparents qui complétaient l'illusion.

Je remis le bijou en place et j'appuyai discrètement un doigt sur un magnifique rubis balais qui servait de diadème au fantastique dragon.

À l'instant même je vis entrer dans le salon un jeune nègre plus noir que de l'encre, couvert d'une longue tunique de cachemire blanc.

Il vint se placer à trois pas de moi et s'inclina pour me faire comprendre qu'il était à mes ordres.

— Je désirerais être conduit dans la chambre qui m'est destinée, lui dis-je.

Il fit un demi-tour sur lui-même et, d'un pas régulier, il se dirigea vers la porte pour me montrer le chemin.

— Je le suivis et je ne tardai pas à me trouver de nouveau sur le pont du navire.

Un spectacle singulier m'y attendait et je restai stupéfait en considérant le changement subit qui s'y était opéré pendant les courts instants que j'avais passés avec le docteur.

Plus de pavois aux mille couleurs, plus de voiles soigneusement enroulées autour de leurs mâts, plus de vergues, plus de cordages pour la manœuvre, plus de mâts. Le pont complètement rasé était environné de l'arrière à l'avant, à tribord comme à bâbord, d'une élégante galerie en bois artistiquement sculpté.

Ainsi démuni de ses agrès, le navire eût ressemblé à un ponton abandonné, sans sa forme gracieuse et sa proue élevée qui rappelaient involontairement ces beaux cygnes qu'on voit glisser sur les bassins des parcs et des jardins publics. Ce qui aidait encore à la comparaison était la couleur de la coque qui était d'un blanc immaculé.

Si mon guide n'avait pas été muet, je lui aurais demandé la raison de cette transformation subite : sachant qu'il ne pourrait me répondre, je regardai autour de moi dans l'espoir que quelqu'un serait à même de satisfaire ma légitime curiosité.

Partout je ne vis que des matelots noirs comme mon guide, comme lui vêtus d'une tunique blanche tissée avec le *poil* soyeux des chèvres du Thibet. J'allais renoncer à adresser la parole à l'un de ces hommes à qui sans doute mon langage était absolument étranger, quand je vis surgir de l'intérieur du navire une figure qui ne m'était pas inconnue.

Le survenant en effet était M. Verdun, membre de l'Académie des sciences morales et politiques de Paris. Non-seulement je m'étais trouvé deux ou trois fois avec lui chez le docteur Boldus, mais encore j'avais assez souvent assisté aux savantes conférences qu'il faisait à la Sorbonne.

Il parut surpris de me voir et s'approcha de moi avec l'intention bien évidente de venir me saluer.

— Quoi! vous aussi sur ce navire du diable? me demanda-t-il en me tendant la main.

— Je ne suis pas moins étonné que vous de vous y rencontrer, lui dis-je en riant.

— Que voulez-vous, me répondit-il, d'un ton qui sentait son professeur et son académicien, l'étude de la vérité est à mes yeux un devoir sacré.

Tout ce que j'ai vu à Paris chez le docteur Boldus, m'a semblé si étrange
que j'ai résolu d'avoir le mot de l'énigme, dussé-je périr à la tâche. J'ai
demandé à cet homme étonnant l'autorisation de le suivre, il me l'a accor-
dée et me voilà prêt à partir à l'aventure.

— Ce que vous me dites est à peu près ma propre histoire, repris-je; à
cette différence près que c'est le docteur lui-même qui m'a invité à le suivre.
Mais dites-moi, je vous prie, pourquoi ce navire, il y a deux heures à peine
si admirablement pavoisé, a-t-il subi si promptement une si complète méta-
morphose?

— Ha! ha! dit le savant M. Verdun, on voit bien, mon cher docteur,
que vous ne faites que d'arriver; vous n'êtes pas au bout de vos surprises.
Pour mon compte, j'ai absolument renoncé de demander le pourquoi des
choses, depuis que je suis sur un navire où tout paraît se faire à contre-
pied du bon sens et de la raison. Je regarde, je m'étonne et j'attends.

En ce moment même, Ali, qui s'était éloigné en entendant la question que
j'avais adressée à M. Verdun, revint, accompagné d'un matelot, noir comme
ses compagnons, comme eux vêtu de blanc, qui s'inclina devant nous et
nous dit en très bon français :

— Ces messieurs désirent un renseignement?

— Oui, monsieur, dis-je à mon tour. Nous voudrions savoir pourquoi
non-seulement les pavillons qui ornaient tout à l'heure l'Étoile des mers,
ont subitement disparu, mais pourquoi on a aussi enlevé les mâts, les
vergues, les cordages et les voiles.

— Il m'est d'autant plus aisé de satisfaire votre curiosité, répondit le marin, que c'est moi qui viens de faire exécuter cette manœuvre
par l'ordre de notre capitaine. Nous avons rasé le pont parce que nous
allons partir.

— Que vous disais-je? s'écria en riant M. Verdun. Vous voyez bien qu'ici
tout se fait au rebours de la logique.

— En effet, me dis-je, à part moi, en continuant ma route et en péné-
trant dans ma cabine; supprimer les mâts et les voiles me semble un singulier moyen de naviguer, surtout quand souffle une bonne brise.

CHAPITRE III

LE JOURNAL DU DOCTEUR JÉHUL

(Suite.)

La cabine du docteur Jéhul. — Claude Jacquinot. — Le marché à la main. — Le départ de l'*Étoile des mers*. — Au large. — Un singulier navire. — La salle à manger. — Un premier repas à bord. — Des présentations. — La Ciotat, Toulon, les îles d'Hyères. — *Le détroit de Bonifacio*. — Cagliari. — L'étoile de cristal. — Un message.

En entrant dans la charmante chambre que l'excellent Boldus avait désignée pour moi, je trouvai, ainsi qu'il me l'avait dit, mon imbécile de Claude, qui venait de défaire mes malles et d'étaler mes effets sur tous les meubles.

Claude Jacquinot n'a qu'une qualité réelle, c'est d'être mon frère de lait, c'est-à-dire le fils de la brave vieille nourrice Françoise, qui, à défaut de ma mère malade, m'a donné son soin pendant ma première année d'existence.

En dehors de cette parenté de rencontre, Claude est bien le type du domestique insupportable. Indiscret, menteur, gourmand, ivrogne, peu délicat, il joint à ces qualités négatives celle de posséder un amour-propre démesuré et un orgueil extrême.

Comme frère de lait d'un docteur, il n'hésite pas à croire qu'il possède la science infuse et bien des fois, à Paris, j'ai dû intervenir pour l'empêcher de donner des consultations à mes clients qu'il appelait volontiers *nos malades*.

Qu'on lui parle de n'importe quoi, qu'il s'agisse d'une question scientifique, politique ou religieuse, il donne la réplique avec un aplomb si merveilleux, que les ignorants acceptent ses dires comme paroles d'évangile et qu'il s'était fait dans le quartier où je demeurais la réputation d'un véritable savant. Bien des gens l'auraient plus volontiers salué que moi du titre de *Monsieur le docteur*. Ces triomphes locaux lui avaient donné un pédantisme insupportable.

Parfois, il tentait de me faire à moi-même la leçon, mais c'est alors qu'il sentait les désavantages que lui donnait notre fausse parenté. Je suis fort et vigoureux ; il est faible et chétif ; souvent il m'a forcé de lui faire sentir, par une taloche ou un coup de pied savamment dirigé, la distance qui nous sépare au moins au point de vue physique.

Malgré ses défauts, Claude m'a toujours paru indispensable. Chaque fois qu'à la suite d'une verte réprimande, il m'a menacé de me quitter et d'aller se placer ailleurs, je me suis subitement radouci et j'ai cédé. Il me semble

Paris. — Typographie N. Blanpain, 7, rue Jeanne.

retrouver en lui de vieux et doux souvenirs, quelque chose comme des par-
fums de jeunesse que je crains de voir s'évanouir.

Quand il me vit entrer dans ma cabine, il abandonna sa besogne et vint
à moi d'un air passablement arrogant.

— Monsieur me dira-t-il où se trouve ma chambre ? Monsieur n'a sans
doute pas la pensée que je me résignerai à passer les nuits sur le pont
comme un chat dans une gouttière? Il me semble que Monsieur doit me
savoir assez bon gré de le suivre ainsi à l'aventure, pour qu'il se préoccupe
un peu de mon bien-être.

— Allons! allons! calme-toi, lui dis-je, tu seras certainement casé con-
venablement. Le docteur Boldus n'est pas homme à laisser souffrir ses serviteurs. D'ailleurs, ajoutai-je, en lui montrant Ali, voilà un nouveau
domestique qu'il a mis à mon service et qui s'empressera, j'en suis sûr, de
t'initier aux coutumes du bord.

Ali, qui écoutait attentivement la conversation, fit de la tête un geste
affirmatif. Mais Claude, en apprenant qu'il ne serait plus seul à mon service, ne put retenir l'explosion de sa mauvaise humeur et de son indi-
gnation.

— Alors! s'écria-t-il, je ne suffis plus à Monsieur! il faut à Monsieur un
second valet de chambre! Et quel valet?... un moricaud, un nègre !

Monsieur n'a pu supposer que je supporterais cela! continua-t-il en
s'animant et dès ce moment j'ai l'honneur de lui donner ma huitaine.

— Mon pauvre Claude, répliquai-je sans me fâcher, car j'étais habitué
aux colères de M. mon serviteur, dans huit jours nous serons dieu sait où!
Si tu veux absolument me quitter, il faudra te hâter, car dans quelques instants nous allons partir.

— Alors c'est un guet-apens; Monsieur m'enlève contre mon propre
gré!... Mais Monsieur sait bien que je ne suis pas un ignorant. On connaît son code heureusement et Monsieur verra ce qu'il en coûte pour faire
une séquestration arbitraire !

— Je te répète, Claude, que je n'ai ni l'intention de te séquestrer, ni celle
de t'emmener malgré toi.

Voilà qui peut assurer ton existence jusqu'à mon retour, ajoutai-je en
jetant sur un guéridon une bourse bien garnie. Si tu préfères rester en
France, prends cela et Ali va te faire reconduire sur le port. N'est-il pas
vrai, Ali?

Le nègre fit un énergique signe affirmatif.

Claude, qui ne s'attendait pas à se voir ainsi prendre au mot, changea
subitement de ton ; il se jeta tout en larmes à mes pieds et au nom de notre
pauvre vieille Françoise, sa mère décédée, et ma mère nourrice, il me
supplia de le garder.

Le docteur frappa discrètement.

Je lui donnai un louis.

— Tiens! va boire à ma santé, lui dis-je.

— Monsieur Ali aurait il la bonté de venir se rafraîchir avec moi? demanda Claude entièrement radouci. Je serai enchanté de le régaler, il pourra ainsi m'apprendre s'il y a à bord une buvette ou une cantine, et en quel point elle se trouve.

Je reconnus là les instincts intempérants de mon frère de lait.

Le muet me regarda et sur un geste d'assentiment que je lui fis, il quitta ma cabine et sortit, d'un pas grave et lent, en emmenant Claude à sa suite.

28 *novembre*. — J'en étais là de mes notes de voyage quand je vis entrer dans ma chambre mon nouveau serviteur. Il se présenta devant moi et, après m'avoir salué respectueusement, il me montra du doigt la porte, comme pour m'inviter à le suivre.

— Où est Claude? lui demandai-je.

Il porta sa main à la bouche comme un homme qui vide son verre.

Je compris qu'il fallait pour la journée entière renoncer aux services de cet ivrogne et je me levai, disposé à suivre mon muet à l'endroit où il voulait me conduire.

J'arrivai bientôt sur le pont : plusieurs personnes habillées à l'européenne s'y trouvaient déjà; mais je ne vis pas un seul homme de l'équipage.

M. Verdun, qui se trouvait parmi les assistants, s'approcha de moi.

Après l'avoir salué, je l'interrogeai.

— Quel est l'évènement qui amène ici ce concours de curieux?

— Cher monsieur, me répondit-il obligeamment, dans cinq minutes l'*Étoile des mers* va lever l'ancre.

— Dites qu'elle va prendre son vol, répliquai-je, car dépourvue comme elle est de sa voilure, je ne vois guère à quel titre elle changerait de place?

— Vous comptez sans sa machine, dit en souriant l'académicien.

— Une machine nécessite une cheminée, des panaches de fumée noire et de vapeur blanche, or je ne vois rien de tout cela.

— Je vous ai déjà dit, reprit M. Verdun, qu'ici rien n'a lieu comme ailleurs. Tenez! sentez-vous pas déjà que nous nous déplaçons!

En effet je vis l'*Étoile des mers* s'éloigner du quai de la *Rive neuve* auquel elle avait été amarrée et bientôt nous occupâmes le milieu du port.

Le navire, dont la proue était dirigée vers le sud, c'est-à-dire vers l'entrée du port, s'avança majestueusement au-devant des deux murailles qui forment l'entrée et qui font partie, l'une du fort Saint-Jean, l'autre du fort Saint-Nicolas. Nous traversâmes sans encombre cet étroit passage; nous saluâmes à bâbord le château du Pharo, à tribord, l'avant-port de la Joliette et nous entrâmes en pleine mer.

Je restai de plus en plus étonné en constatant que le navire s'avançait, snsa secousses, sans trépidations, sans roulis, sans tangage, avec une vitesse qui me paraissait remarquable.

Quand nous fûmes au large, cette rapidité alla en augmentant dans des proportions extraordinaires, sans que rien vînt me révéler la source de ce mouvement.

J'allai à l'arrière du vaisseau et en considérant la nature du sillage qu'il laissait au loin, je crus pourtant pouvoir affirmer que notre propulseur était composé d'une ou plusieurs hélices, agissant dans les profondeurs de la cale.

Appuyé sur le bastingage, je contemplais tantôt les rives de France qui fuyaient rapidement, tantôt les flots bleus de la Méditerranée, que la brise légère venait à peine froncer, tantôt le ciel pur et sans nuages dont la couleur intense venait se refléter dans la vaste mer. Tout à coup je sentis une main se poser sur mon épaule; je me retournai en tressaillant; c'était Ali qui me faisait signe de le suivre.

Les côtes de mon pays natal s'effaçaient déjà au loin dans la brume, quand, obéissant à l'invitation de mon serviteur, je rentrai dans les flancs du navire et je me trouvai dans une salle à manger somptueusement servie.

Plusieurs personnes avaient déjà pris place autour de la table et malgré la différence entre l'intensité de la lumière qui régnait en ce lieu et celle du pont que je venais de quitter, je reconnus quelques-uns des convives.

C'était d'abord le savant Autrichien, Julien Ketterlé, membre de l'Académie des sciences de Vienne, et que je pus saluer comme un collègue, car il était membre correspondant de la société de géographie de Paris.

Près de lui était assis M. Verdun, avec qui j'avais déjà eu deux fois l'honneur de converser.

Je vis en face de ces deux hommes illustres, le docteur Danois Ottoskiold dont les voyages dans les mers polaires ont fait l'admiration du monde entier et dont les ouvrages sur la faune sous-marine sont devenus classiques et ornent toutes les bibliothèques des hommes de science.

Une place était restée vide près de l'aimable M. Verdun, je me hâtai de m'en emparer, bien certain par avance de la complaisance de ce voisin.

Il s'empressa en effet de me présenter aux autres commensaux du docteur.

Il y avait là le capitaine de vaisseau Suédois Oscar Vorsaë qui avait été le compagnon de voyage du célèbre Nordinskiold dans un de ses voyages au Spitzberg; l'Anglais William Kort, député par le collège d'Oxford, que j'avais déjà vu chez le docteur Boldus à son château de Chevreuse et qui, séduit sans doute par les merveilles qu'il y avait vues, avait sollicité et obtenu la faveur de l'accompagner dans son voyage.

M. Verdun me présenta aussi au capitaine Étienne Rolland, vieux loup de mer français, à qui le docteur avait confié la conduite de l'*Étoile des mers*, soit dans les régions de l'Océan Indien, soit à travers le Pacifique qu'il avait parcourus en tous sens pendant sa longue carrière de marin.

Je fis de même connaissance avec M. Baudin, ingénieur mécanicien, ancien élève de l'École polytechnique de Paris, qui avait déjà fait de longs et nombreux voyages avec le docteur Boldus et qui était chargé à bord de toute la partie mécanique.

Autour de la table étaient encore assis divers personnages auxquels M. Verdun négligea de me présenter, sans doute parce qu'il ne les connaissait pas suffisamment lui-même.

Je demandai à mon complaisant voisin pourquoi notre amphitryon n'était pas parmi nous ; il me montra au milieu de la table sa place vide ; à gauche et à droite étaient deux couverts également sans convives.

— Depuis quinze jours que je suis à bord de l'*Étoile des mers*, me dit-il, je n'ai jamais vu le docteur se mettre à table avec nous.

— Est-ce une habitude contractée ou bien le résultat d'une indisposition ou d'un accident ? demandai-je.

— J'ai interrogé comme vous à ce sujet M. Baudin qui a déjà fait de longs voyages avec lui, me répondit le savant académicien : M. Baudin m'a répondu, sans même sourire, que le docteur Boldus ne mange jamais ni à table, ni ailleurs.

— Ma foi ! dis-je, ce fait, s'il est exact, n'a rien qui puisse me surprendre plus que tous ceux que je suis appelé à voir à chaque instant dans sa société.

Je pus alors jeter un coup d'œil dans la salle à manger et en étudier l'ameublement et les accessoires.

Tout y était d'un luxe inouï.

Les lambris étaient formés de bois sculptés, rappelant l'époque de Louis XV. A travers un magnifique entrelacement de rameaux, de fleurs et de fruits, couraient des amours grassouillets se livrant à des jeux variés. Ces combinaisons, aussi intéressantes que gracieuses, dues au ciseau d'un grand artiste, formaient des cadres merveilleux à des peintures plus merveilleuses encore.

Dans ces tableaux, où l'on ne saurait dire si c'est la perfection du dessin qui l'emporte sur l'éclat du coloris, je reconnus les chefs-d'œuvre des maîtres de l'école flamande du dix-septième siècle, David Téniers, Jacques Jordaens d'Anvers, Martin Pepyn, Gérard Zeghers, etc.

Tous ces panneaux représentaient des scènes de mœurs populaires et appartenaient à cette école à laquelle nos contemporains ont dû redonner une virginité en lui apportant un nom nouveau et en l'appelant l'*école réaliste*.

J'ai les yeux et l'esprit encore tout pleins du sujet représenté dans la plus grande de ces toiles.

C'est une noce de village, une vingtaine de personnages sont assis autour d'une table couverte de mets divers. La table est mise en plein air, sur un sol gazonné, devant une modeste maison au toit pointu. La bonne humeur des convives se traduit par mainte excentricité. Pendant que le marié, pour faire la cour à son épousée, lui blanchit le museau avec son doigt trempé dans un fromage à la crème, un vieux buveur porte à sa bouche un grand broc plein d'une bière écumeuse, que sans doute il a parié d'avaler sans reprendre haleine. Ici, c'est un invité qui prend bravement par la taille sa voisine de table et pose un baiser sur ses joues enluminées ; là, c'est une vieille fille, qui, lasse sans doute de coiffer sainte Catherine, agace son voisin, beau gas, haut en couleur.

Mais je n'en finirais pas si je voulais noter ici toutes les splendeurs de la salle à manger de l'*Étoile des mers*. Qu'il me suffise de dire que les assiettes et les plats se succédaient avec les mets ; elles étaient tantôt de fine porcelaine de Saxe, tantôt de vieille faïence française ou italienne, tantôt elles empruntaient leurs splendeurs à l'art de la manufacture de Sèvres, tantôt elles étalaient les merveilles inventées par le Japon et par la Chine.

Qu'on ajoute à cela des surtouts en or ou en argent ciselé, chefs-d'œuvre sortis des ateliers des grands artistes parisiens, Odiot ou les frères Fagnères ; des candélabres en vermeil supportant des centaines de bougies parfumées pour suppléer à la lumière extérieure interceptée par les hublots, soigneusement fermés, des lustres descendant du plafond et répétant par les cent mille facettes des girandoles en cristal de roche, la lumière discrète des bougies roses qu'ils soutenaient ; qu'on y joigne encore cent merveilles de luxe et de confort que mon esprit n'a pu encore classer ni retenir, on aura une idée amoindrie des splendeurs déployées par le docteur Boldus pour faire honneur à ses convives.

L'abondance et la délicatesse des mets furent à l'avenant du cadre dans lequel ils étaient servis. Tout ce que le monde entier renferme d'aliments célébrés par la gastronomie me parut défiler sur cette table princière. Mon compatriote Brillat-Savarin, le glorieux auteur de la *Physiologie du goût*, n'a jamais rien décrit, ni même rêvé de semblable. Pour mon propre compte, je n'avais aucune idée d'un semblable luxe et le repas commençait à peine, que déjà j'avais rendu les armes.

J'ai quelque faible pour les friandises. Lorsque dans un troisième service, les entremets sucrés succédèrent aux rôtis empruntés à toute la partie du règne animal qui compose le gibier à poil et le gibier à plumes, je sentis revenir mes forces et je goûtai à des crèmes glacées dont l'aspect et le parfum eussent fait revenir un mort. Le dessert acheva de me mettre hors de combat : j'y ai remarqué surtout une confiture de gingembre que fabriquent les Chinois et à laquelle je ne sais rien de comparable.

A la fin du repas vinrent le café, le thé et les liqueurs ; les vins, qui s'étaient succédé pendant toute la durée du repas suivant la gamme savante qui s'étend des plus froids jusqu'aux plus généreux, avaient délié toutes les langues. J'entendis là des choses étranges. Mais je dois avouer que, peu habitué à de pareilles agapes, je me sentais plongé dans une sorte de demi-engourdissement, ou plutôt dans une espèce d'extase contemplative, qui ne me permit pas plus tard de coordonner toutes ces conversations.

Quand je rentrai chez moi, la nuit était venue et en traversant le pont, j'aperçus un ciel étoilé qui, dans toute autre circonstance, m'aurait arrêté longtemps pour le contempler. M'appuyant sur l'épaule d'Ali, je regagnai ma cabine et je m'étendis sur mon lit où un profond sommeil ne tarda pas à m'entraîner au milieu de rêves dorés.

Lorsque je m'éveillai ce matin, je trouvai mes deux serviteurs accroupis et silencieux au pied de mon lit.

Je n'eus pas le courage de gronder Claude de son absence de la veille; je songeai moi-même à la petite débauche à laquelle je m'étais laissé entraîner et j'allai fumer un cigare sur le pont.

Nous avions dépassé La Ciotat, Toulon, puis les îles d'Hyères. Depuis longtemps les côtes de France avaient disparu à l'horizon. La température était d'une douceur sans pareille et la mer était devenue calme comme un lac. Cependant nous continuions à avancer avec une rapidité que je comparai à celle d'un train de chemin de fer.

Le nègre qui m'avait adressé la parole la veille, et qui exerçait à bord des fonctions analogues à celles de quartier-maître sur les navires de l'État, me voyant seul, assis sur une chaise de bambou à dossier renversé, et les yeux errant dans les profondeurs de l'horizon, s'approcha de moi.

— Maître, me dit-il en me tendant une longue-vue, vous plairait-il de voir la Sardaigne?

— Serions-nous déjà si loin? lui demandai-je.

— Il y a deux heures que nous avons franchi le détroit qui sépare la Corse de cette île. Mais dirigez votre lunette à l'arrière, vous apercevrez encore au sommet d'une falaise quelques taches blanches, c'est la ville de Cagliari. Puis plus loin vous pourrez voir se profiler sur le ciel bleu les hautes montagnes qui parcourent la Sardaigne dans toute sa longueur.

Je dirigeai ma longue-vue dans le sens qui m'était indiqué et je vis distinctement les côtes et les montagnes qui m'étaient signalées.

— Où donc allons-nous? demandai-je à mon interlocuteur.

— Nous marchons droit sur Naples, me répondit-il, et nous y serons dans quelques heures.

Je remerciai l'honnête quartier-maître et je me dirigeai à l'avant du navire que je n'avais pas encore attentivement regardé. A la partie antérieure du bâtiment se trouvait une sorte de charpente demi-circulaire et se terminant par une pointe qui faisait saillie hors de l'étrave. C'est ainsi que les marins nomment la forte pièce qui forme l'avant du navire et la base de la proue.

La guibre, c'est le nom de cette charpente, était surmontée par une espèce de galerie qui fait suite au pont et qui se nomme la poulaine. De là je pus voir sur la saillie la plus avancée de la guibre, l'emblème choisi par le docteur Boldus, pour remplacer les statues allégoriques qu'on voit d'ordinaire à l'avant des navires.

C'était une étoile à sept branches, faite du plus pur cristal de roche et autour de laquelle les rayons décomposés du soleil formaient une couronne d'arcs-en-ciel.

J'étais tout entier absorbé par l'admiration que m'imposait ce spectacle, et je me demandais quel pouvait être l'usage d'un appareil enveloppé dans une caisse en bois placé entre moi et l'étoile de cristal que je contemplais quand Ali se présenta devant moi, porteur d'un pli à mon adresse.

Je rompis le cachet; c'était un mot que m'adressait le docteur.

« Venez, si vous en avez le loisir, m'écrivait-il, je vous attends. »

Je quittai à la hâte mon poste d'observation et toujours précédé de mon fidèle Ali, je me trouvai quelques instants plus tard dans le somptueux salon où avait eu lieu notre première entrevue à bord de l'*Étoile des mers*.

A peine mon serviteur avait-il disparu derrière une portière en velours que le docteur parut.

— C'est vous ! je vous remercie, dit-il.

— Croyez bien, voulus-je dire, que je considère comme une insigne faveur d'être admis auprès de vous.

Mais il m'interrompit au milieu de ma phrase.

— Vous acclimatez-vous à bord ? me demanda-t-il.

— Je n'ose encore le dire, car tout ici me surprend et il me semble que je suis entré dans le monde du fantastique absolu.

— Qu'avez-vous donc vu d'étrange ?...

CHAPITRE IV

LE JOURNAL DU DOCTEUR JÉHUL

(Suite.)

Une visite inattendue. — Le docteur Jéhul va voir le docteur Boldus. — Le peuple noir du docteur. — Des nouvelles d'Ettore Visconti. — Le vieux savant montre que ses connaissances vont jusqu'au sortilège. — Confidences. — Projet de descente à terre. — Claude Jacquinot fait des siennes. — Un boniment de charlatan. — Juste punition d'une détestable conduite. — L'Etoile des mers pendant la nuit. — Naples et le Vésuve éclairés a giorno. — Un voyage matinal. — Une rencontre mystérieuse. — Naples. — La maison du Silence.

29 *novembre*. — J'ai dû interrompre hier le récit de mes impressions de voyage, par suite de la visite qu'ont bien voulu me faire le très aimable M. Verdun, M. l'ingénieur Baudin et le capitaine Rolland. Nous avons fumé des cigares ensemble, bu des grogs et causé jusqu'à une heure fort avancée. Je suis d'autant plus heureux de cette prévenance qu'en dehors du plaisir de se sentir environné par des personnes sympathiques j'ai pu obtenir de M. Baudin, sur la machine qui nous mène, des renseignements que je consignerai précieusement dans cette série de notes.

Je crois bon toutefois de continuer d'abord le récit de l'importante conversation que j'ai eue avec le docteur Boldus. Je croirais commettre un crime si j'omettais d'écrire un seul des mots précieux qui tombent de cette bouche.

Je reprends donc mon journal au point où je l'ai laissé.

En entendant la question que m'adressait le docteur, par laquelle il me demandait ce qui avait pu me paraître extraordinaire à bord de l'*Etoile des mers*, je me trouvai quelque peu embarrassé.

Je n'avais, il est vrai, pour énumérer mes sujets d'étonnement, que l'embarras du choix, mais ce choix portait sur un si grand nombre de sujets que je ne savais vraiment par où commencer.

Enfin je me décidai à parler.

— En dehors des moyens de locomotion qui servent à votre beau navire, lui dis-je, et qui me paraissent appartenir à un ordre tout nouveau de propulseur, je serais bien aise, s'il n'y a pas d'indiscrétion à vous le demander, de savoir pourquoi vous avez choisi presque exclusivement des serviteurs noirs ?

Le docteur Boldus réfléchit un instant, puis, de sa voix la plus bienveillante :

Ce personnage portait un grand sabre recourbé.

— Mes serviteurs sont des nègres, me dit-il, parce que je les ai pris dans mon peuple et que mon peuple vit dans l'Afrique centrale.

— Comment! votre peuple? ne pus-je m'empêcher de dire.

— Oui, reprit le vieillard, j'ai dit mon peuple, car une population nombreuse d'hommes naïfs et bons a cru devoir me nommer son chef.

Je compris qu'il y aurait peut-être indiscrétion à interroger davantage l'excellent Boldus sur ce sujet délicat. Je passai donc à un autre ordre d'idées.

— J'espérais, lui dis-je, que lorsque je serais votre compagnon de voyage, j'aurais des nouvelles de cet Hector Visconti, à la résurrection miraculeuse duquel vous nous avez fait assister dans votre château de Chevreuse. Est-il permis de savoir ce qui est advenu de cette expérience et le malheureux ressuscité n'a-t-il revu le jour que pour mourir de nouveau?

— Ettore Visconti n'est pas mort; dès après-demain, vous pourrez vous assurer vous-même, aussi bien que tous les savants qui ont bien voulu m'accompagner, qu'il jouit d'une bonne santé dans le sens qu'on a coutume de donner à ce mot. C'est même dans le but spécial de permettre à ces hommes qui sont les flambeaux de la science en Occident, de suivre jusqu'au bout cette expérience, que j'ai consenti à les laisser suivre la grande expédition que je commence.

Voyant que ces paroles, en raison des réticences et du côté mystérieux qu'elles contenaient, me laissaient profondément préoccupé:

— Patientez, mon jeune ami, me dit le vieux Boldus d'un ton de voix paternel; bientôt vous connaîtrez tous les détails de cette affaire. Demain, ma journée sera tout entière consacrée à la visite de Naples et du Vésuve; après-demain, je réunirai mes passagers et vous saurez le mot de la grande énigme. Un problème difficile s'est présenté à mes yeux; j'en cherche la solution. Vous m'aiderez, je l'espère, à la trouver.

Nous restâmes quelques instants silencieux. Je me demandais vainement quelle solution s'était posée devant le mystérieux savant et ce qui pouvait arrêter un instant cet esprit universel. Lui, me contemplait d'un regard doux et bienveillant et semblait lire ma pensée dans les replis les plus cachés de mon cœur.

— Docteur Jéhul, me dit-il enfin, en changeant brusquement le sujet de la conversation, pourquoi ne me demandez-vous pas des nouvelles d'A-mélie?

Cette question produisit sur moi l'effet d'un coup de foudre.

— Monsieur, m'écriai-je, qui vous a dit ce secret dont je croyais être le seul détenteur? Qui vous a fait connaître ce nom que je n'ai pas voulu révéler même à ma bonne et tendre mère?

— Mon jeune ami, rassurez-vous! Personne au monde ne m'a soufflé mot de votre secret. Nulle bouche humaine n'a prononcé devant moi le nom de votre Amélie.

— Expliquez-moi donc!...

Il m'interrompit.

— Soyez patient, mon fils, bientôt vous saurez tout; j'ai résolu de n'avoir pour vous aucun secret; je veux vous initier au grand-œuvre; je veux vous faire hériter du savoir que j'ai pu acquérir. Confiez-vous à moi et répondez à mes questions.

Je m'inclinai profondément en signe de remerciement.

— Parlez, dis-je.

— Avant votre départ de France, m'avez-vous dit, vous n'avez point parlé de vos projets à votre mère et à votre sœur; vous êtes même parti sans leur dire adieu, de peur que leurs instances ne vous fissent revenir sur votre résolution.

Je fis un signe d'assentiment, mais je ne répondis pas.

Le docteur Boldus continua.

— Avez-vous été aussi discret vis-à-vis de cette Amélie pour laquelle votre cœur déborde d'un pur amour? Répondez-moi sincèrement, mon fils, cela est important.

— J'ai été muet avec Amélie, comme je l'ai été avec ma mère, comme je l'ai été avec ma sœur.

— Alors vous avez été cruel avec toutes les trois, me dit le vieux savant d'un ton sévère. L'incertitude est le pire des maux et votre silence pouvait coûter la vie à ces trois personnes qui vous aiment.

Je compris tout à coup combien juste était le reproche du docteur.

— Vous me parliez tout à l'heure de Naples et d'un séjour que vous comptez y faire demain, lui dis-je. Permettez-moi de descendre à terre avec vous : je réparerai, en donnant par la poste de mes nouvelles, le mal que j'ai pu causer.

— Ce mal n'existe pas, dit Boldus. Avant de partir de Marseille, j'ai informé votre mère, votre sœur et Amélie de votre départ.

— Quoi ! même Amélie ! m'écriai-je stupéfait. Comment avez-vous pu connaître son existence, son nom, sa demeure?

— Vous saurez tout cela un jour, mon fils.

Si vous voulez visiter Naples et le Vésuve demain avec moi, ajouta-t-il, préparez-vous à venir à terre.

En disant ces mots, il s'éloigna et disparut. Je rentrai dans ma cabine et je me mis à examiner de près la nature des ouvrages qui composaient ma bibliothèque.

Je remarquai avec stupéfaction que tous étaient écrits dans des langues étrangères dont je ne possède aucune espèce de notion.

Demain, je demanderai au docteur si c'est par hasard que ces livres se trouvent chez moi, et dans ce cas je le prierai de me les changer pour d'autres dont je puisse faire usage.

Mais enfin, si ce n'est pas intentionnellement que cette bibliothèque a été placée chez moi, pourquoi tous les livres qui la composent seraient-ils marqués à mon chiffre ? Encore un mystère parmi tant de mystères !

J'allais me mettre au travail et continuer ce journal auquel je confie mes plus secrètes pensées, quand j'entendis un bruit de voix qui semblait sortir d'une pièce voisine de ma cabine. Je prêtai l'oreille et quel ne fut pas mon étonnement de reconnaître l'accent criard de mon serviteur Claude qui pérorait.

Je m'approchai de la cloison et je découvris derrière une portière de soie une ouverture pratiquée dans la cloison.

Je fis tourner un bouton et la porte s'ouvrit sans bruit.

Un singulier spectacle frappa mes yeux.

Au milieu d'une pièce tendue de velours et luxueusement décorée, était une table-guéridon en bois d'ébène, reposant sur un pied sculpté en forme de dragon et indiquant par la perfection de l'exécution, autant que par la singularité de ses formes, son origine japonaise.

Autour de cette table étaient assis sept ou huit nègres que je reconnus à leur tunique blanche pour des hommes de l'équipage ; ils buvaient gravement du thé dans un superbe service de porcelaine de Chine.

Un homme qui tournait le dos et qui discourait, absorbait toute l'attention de son auditoire. Je reconnus cet animal incorrigible de Claude et, résolu à l'écouter, je laissai doucement tomber la portière de façon à ne pas me faire remarquer par les invités de ce singulier frère de lait.

Je prêtai l'oreille et voici ce que j'entendis :

« —Si je vous ai réunis ici, messieurs les mauricauds, disait l'orateur d'un ton emphatique, ne pensez pas que ce soit pour le simple plaisir de vous faire boire une tasse de thé agrémentée d'une plus ou moins grande quantité du meilleur rhum du monde. J'ai voulu surtout vous procurer l'honneur de me connaître et vous faire savoir qui je suis.

« Tel que vous me voyez, messieurs, je suis tout simplement un savant et le premier médecin de la terre ! Vous parlez avec admiration de votre maître, ce docteur Boldus qu'à vous entendre, on prendrait volontiers pour un sorcier.

« Moi aussi, avant d'avoir acquis la science, je croyais à la supériorité de mon frère de lait, M. Jéhul, et je le proclamais un grand médecin. Aujourd'hui je ne considère plus qu'avec mépris ces gens qui se disent nos maîtres. »

L'orateur fit une pause et promena son regard sur son auditoire. Je remarquai avec plaisir que tous les matelots noirs restaient impassibles.

Claude reprit :

« — Si vous êtes malades, si l'un des vôtres est affligé d'un de ces mille maux qui désolent l'espèce humaine, approchez, faites-vous servir.

« Contre la rage j'ai une omelette souveraine qui s'applique toute chaude sur la peau du ventre du malade.

« Contre les plaies invétérées, j'emploie le plantain pilé ; je guéris les entorses au moyen d'un simple attouchement, les foulures avec une compresse d'urine.

« La folie, le haut mal, la fièvre, les membres cassés se guérissent par la simple force de la volonté.

« Voyons, messieurs, parlez ; qui de vous a besoin de mes services ? qui de vous va me permettre de montrer mon savoir ?

Un des nègres se leva.

— « Vous ne trouverez pas de clients parmi nous, dit-il, car notre maître, M. le docteur Boldus, ne veut pas que nous soyons malades.

Claude reprit la parole avec plus d'assurance :

« — Alors, quel mérite a donc ce médecin qui n'a rien à guérir? Je ne m'étonne pas que mon maître, qui n'est rien autre qu'un ignare, qu'un charlatan et un idiot, soit venu faire partie d'une expédition où les malades n'existant pas, on ne risque pas de les expédier dans l'autre monde. »

Il allait continuer sur ce ton, mais je fus indigné de tant d'audace.

— Claude ! dis-je à haute voix.

Il se retourna, et me voyant debout devant lui, comme la statue du commandeur, il parut d'abord légèrement décontenancé.

Je jouissais de son embarras et je restais silencieux, le regardant d'un œil sévère; mais il remarqua mon silence et pensant, sans doute, que je ne l'avais pas entendu, il paya d'audace :

— Quel bonheur pour moi, monsieur le docteur, et pour les amis que j'ai réunis ici et que je vous présente, de recevoir votre visite ! J'étais justement en train de dire à ces messieurs qui pourront vous le répéter :

« Mes amis, à cette agape fraternelle qui doit établir entre nous des liens d'une amitié durable, il ne manque, pour que je sois complètement heureux, que la présence de mon illustre maître, le savant docteur Jéhul, le grand médecin dont Paris regrettera éternellement la perte, le docteur Jéhul, la providence des malades, le consolateur des affligés ! »

En présence d'une pareille effronterie, je me sentis complètement désarmé et pour dissimuler le fou rire qui me gagnait, je disparus à la hâte derrière la portière de velours et je rentrai dans ma cabine, édifié, une fois de plus, sur la valeur morale de mon frère de lait.

J'ai voulu néanmoins savoir comment et à quel titre ce coquin s'était emparé d'une chambre qui eût satisfait comme demeure le plus difficile des membres de l'expédition.

Sur un appel d'un timbre silencieux que j'avais trouvé sur ma table de travail et qui était en tout semblable à celui que le docteur Boldus m'avait montré dans son salon, Ali accourut, je lui indiquai la nature de l'enquête que je désirais faire; il sortit après m'avoir montré du geste qu'il m'avait compris.

Il sortit et j'avais à peine eu le temps de me placer devant ma table de travail, quand il reparut, accompagné du quartier-maître noir dont j'avais pu constater le caractère obligeant.

Je fis asseoir ce visiteur et, après l'avoir remercié de la promptitude qu'il avait mise à se rendre à mes désirs :

— Comment vous appelez-vous? lui demandai-je.

— Félix, me répondit-il.

Je lui adressai alors diverses questions relatives à Claude. J'appris que le bon sujet n'avait pas cessé de faire des siennes depuis notre arrivée à bord de l'*Étoile des mers*.

Ali, sur l'autorisation que je lui en avais donnée, l'avait conduit à la cambuse où un buffet était constamment dressé pour les passagers.

Là, le malheureux ivrogne ne s'était pas contenté de s'enivrer, mais encore, il avait fait tous ses efforts pour faire partager son intempérance à tous les matelots noirs qu'il avait trouvés à sa portée.

Ceux-ci lui avaient à grand'peine fait comprendre que cela était contraire à la discipline et que, tant qu'ils seraient de service, il leur serait impossible d'accepter ses politesses. C'est alors que lui était venue la lumineuse idée de les inviter pour le moment où ils cesseraient d'être de quart.

Lorsque Ali lui eut montré la chambre modeste qu'il occuperait dans l'entrepont chaque fois que je n'aurais pas besoin de son service pendant la nuit, il s'était récrié; de sa propre autorité, il était venu installer son lit dans la pièce contiguë à ma cabine. C'était le lieu que le docteur Boldus avait désigné pour me servir de salle à manger, les jours où il ne me plairait pas d'aller dîner à la table commune.

Cette fois, c'en était trop et je compris qu'il fallait infliger une correction sévère à Claude.

Je m'enquis auprès de Félix des moyens de répression en usage à bord. Ils étaient tous si doux que j'hésitai d'abord à appliquer le plus sévère, qui consistait en une réclusion dans une sorte de salle de police placée à l'entrepont. Sur la prière que je lui en fis, le quartier-maître alla quérir quatre de ses matelots.

Le fanfaron, enlevé dans la pièce qu'il s'était appropriée, put aller méditer à l'aise, pendant huit jours de solitude, sur les inconvénients qu'il y a à faire des conquêtes dans un territoire ami.

Une admirable pendule de Boule, qui orne mon appartement, m'apprend, en sonnant, qu'il est déjà deux heures de l'après-minuit. D'un autre côté, Félix m'a recommandé de ne pas m'endormir avant d'être monté sur le pont. Un spectacle aussi beau que peu ordinaire m'y attend, m'a-t-il assuré.

Je laisse donc là mes notes pour les reprendre, soit demain matin avant notre voyage à terre, soit demain soir à notre retour.

30 novembre. — J'ai eu à peine le temps de m'endormir. Ce que j'ai vu sur le pont nécessiterait un volume pour être raconté; l'espace et le temps me manqueront sans doute toujours, pour exprimer dans ses détails, tout l'enthousiasme dont mon cœur est plein. Remettons à plus tard le récit de ces impressions ineffaçables et de ma profonde admiration.

Avant que le jour fût entièrement levé, le docteur Boldus m'envoya chercher; grâce à l'aide d'Ali, je fus bien vite habillé et nous partîmes sur la grande chaloupe à vapeur de l'*Étoile des mers*. Que d'émotions! que d'aventures! que de leçons!

Il est maintenant trop tard pour que je commence ces confidences qui doivent tenir dans ce journal une place d'honneur. La fatigue et le sommeil me terrassent. Demain, d'ailleurs, mes esprits reposés me permettront d'apporter quelque ordre et quelque méthode dans l'exposé de mes impressions.

1er décembre. — Je me lève de grand matin et je me mets immédiatement à l'œuvre; j'ai tant de choses à confier à ce papier, qu'il me semble impossible de tout dire.

Sûrement, si les jours de notre navigation continuent à présenter ainsi des séries de faits tous importants à noter, il me faudra renoncer à continuer mon journal, car la plume la plus féconde ne suffirait pas à dire le quart des émotions que j'ai subies depuis quelques heures. Je reprends néanmoins le fil de mes notes.

J'avais laissé mon récit avant-hier au soir, au moment où m'apercevant de l'heure avancée, je m'étais décidé à monter sur le pont pour y contempler le spectacle extraordinaire que le quartier-maître Félix m'avait promis d'y rencontrer.

Ce marin, non-seulement ne m'avait rien promis qui fût au-dessus de la vérité, mais ce qui frappa mes regards, dès que je parus sur le pont, est bien supérieur à toutes les merveilles qu'il est possible de rêver.

Derrière l'étoile de cristal, attachée au front de notre navire, était établi un foyer électrique qui, dirigé par de puissants réflecteurs, venait se concentrer dans les prismes brillants formant les branches de l'étoile. Cette lumière décomposée, décrivait autour du navire, une couronne d'arcs-en-ciel qui allaient se perdre dans les lointains sombres de la nuit étoilée.

D'autre part, la lentille qui formait le centre de l'étoile, dardait au loin des gerbes de faisceaux lumineux, aussi brillants que les rayons du soleil.

Cette colonne de lumière allait en s'élargissant et éclairait au loin les flots bleus et les cimes argentées des lames courtes soulevées par une brise légère. Toute la mer, embrasée dans ce cône brillant, semblait être une draperie semée d'étoiles étincelantes et brodée d'arabesques d'argent.

Seul, ce spectacle eût suffi pour faire oublier les choses les plus admirables qu'un homme puisse avoir vues dans le courant de son existence. Et cependant là ne s'arrêtaient pas les splendeurs que j'étais appelé à contempler.

En suivant de l'œil la colonne lumineuse qui partait de la proue du navire, j'aperçus tout à coup, illuminée de lueurs mystérieuses, toute la baie de Naples, et son amphithéâtre semé de blanches habitations. Plus loin, dans l'ombre transparente d'une nuit étoilée, à notre droite, à tribord, comme disent les marins, se profilait, noir et sombre, le Vésuve couronné de son panache de flammes rouges et de fumées incendiées.

De pareils spectacles défient toute description : je m'arrête donc et je me contente de noter que le jour allait bientôt paraître et que j'étais encore immobile à mon poste de contemplation.

Une main vint se poser sur mon épaule. Je me retournai en tressaillant. C'était le fidèle Ali qui me faisait signe de le suivre.

Je rentrai sur ses pas dans ma demeure et je me jetai sur mon lit, dompté par la fatigue et le sommeil.

Quand, quelques instants plus tard, il fallut m'éveiller à l'appel du docteur Boldus, j'eus quelque peine à reprendre mes sens. Bientôt la fraîcheur matinale eut raison de mon sommeil et je me présentai pour m'engager dans le commode et confortable escalier qui devait me conduire à la chaloupe.

Le docteur Boldus m'attendait dans le petit salon réservé de l'embarcation. Il me tendit la main d'un air de bonne humeur.

— Hé bien, mon jeune ami, me dit-il, cette partie de plaisir aura-t-elle le don de vous plaire ?

— Docteur, vénéré docteur, lui dis-je en lui pressant la main, depuis que je suis près de vous, je succombe à mes émotions. Le ressort que possède mon âme pour admirer me semble prêt à se rompre. Si vous ne voulez pas que je meure de surprise, épargnez-moi, de grâce !

— Calmez-vous, mon fils, reprit le vieux savant : un homme bien trempé ne doit s'étonner de rien.

Tout dans la nature, ajouta-t-il après un instant de silence, n'est-il pas pour l'ignorant un sujet éternel de surprise et d'admiration ?

J'ai dit que notre chaloupe était mue par la vapeur ; ce n'est point là un lapsus de ma plume.

Voilà bien sa cheminée qui lance un nuage de fumée noire et j'entends les sifflements saccadés de la vapeur qui s'échappe !

— Pourquoi, demandai-je au docteur, avez-vous adopté la vapeur comme